講談社文庫

いのち

瀬戸内寂聴

講談社

目次

いのち

帰路

三階の病室から、病院の一階の入口までの長い廊下も、ストレッチャーに仰向きになったまま運ばれていた。病院の入口の外にはすでに大きな車が待っていて、それに乗り込むのもストレッチャーごとだった。病院の建物の外に並んで、見送ってくれているドクターや、看護師さんたちの顔も、首を痛いほど起して廻さなければ、車の窓からはっきり見下ろせなかった。

いつの間にか車は動きだしているらしく、首を横にして見上げる窓外の空に浮ぶ光る雲の、気ままな形やその鈍い動きが、初めて見るような新鮮さで目に映ってくる。長い病院生活が、とにもかくにも今日で終りを告げ、退院の日を迎えたというのに、心は一向に弾《はず》まない。名状し難い苛立《いらだ》つものがこみあげてくる。喜ぶべきなのに、一向に弾んで来ない自分の神経に、落着かない。車の床にじかに坐って体をまげ、私の足許に窮屈そうにうずくまって見守ってくれている秘書のモナが、

「苦しくないですか？　大丈夫ですか？　この速度でいいですか？」

と矢継早《やつぎばや》に訊《き》いてくれる。彼女自身が車が動き出して以来の沈黙に耐えられなくなっているのだ。「大丈夫」という晴れやかな返事がどうしても出て来ない。空が底まで青々と晴れているのも、今日の退院を祝ってくれるようだとでも言ってやれば、私より六十六歳も若いモナが、どんなに安堵《あんど》するか解っているのに、そのわずかなサービスがまだ出来ない。病気前の陽気で賑《にぎ》やかな自分はもう居ないのかと、咽喉《のど》が引き攣《つ》るような感じがする。

「一時間はかかりますよ、ほんとに大丈夫？　気分が悪くなったら、すぐ車止めて貰いますからね」

モナが心配して更に言ってくれる声がうるさい。うるさいなどと思うと罰が当ると慌ただしく反省している自分が、また神経に障《さわ》る。私の機嫌の好《よ》さも悪さも、もう、すっかり呑みこんでいるモナは、返事をしない私が、苦痛を押さえているのではないかと気を廻している。

「あれ持ってきたかしら、荷物に入れちゃった？」

漸《ようや》く口を利いた私の声に、モナはもうそれだけでも嬉しそうに上体を伸ばして、私の視線を捕え、

「ええ、ええ、持ってきましたとも！　今、要《い》りますか？　やっぱり、痛いですか？　急に動いたから……」

といい、体のどこかから、片掌《かたて》に握れるほどの水色の毛糸の編物の袋を取りだして、私の右掌に押しつけてきた。

「おなか？　腰？　わたしがこれでさすりましょうか？」

「いい。自分でする」

私は人より小さい掌一杯になる毛糸の袋を右手に握りしめ、上向きのまま、自分の腰の後ろに差しこんだ。

袋の中には全国の信者やファンたちが送ってくれた、神社や寺の、様々なお守りの札がはち切れんばかりに詰っている。

私の病気が治るようにと、遠い山へわざわざ出かけて登ったり、はるばる巡礼をしたりして、寺や神社から手に入れた痛みに効くというお札ばかりであった。このお札で自分の姑《しゅうとめ》の腰の痛みが取れたとか、自分自身の膝の痛みが治ったとか、それぞれがお札の効用をこまごまと書いてくれてきた。そういうことは日頃からおよそ信じていないのに、送ってくれた顔も知らない人々の厚意が有難く、袋につめたまま、いつも病室のベッドの枕の下に入れておいた。

ところがある時、人並の三倍もしてくれたというブロック注射のあとも、一向に痛みのとれない腰に、思わず袋をつかんで、痛みの上に押しあてて半分無意識で撫《な》でさすったら、確かに痛みが薄らぎ楽になっていた。気のせいかと思ったものの、実際に楽になったことが嬉しく、「おまじないの袋」とモナたちにも話し、枕の下から離さないようになっていた。

私の手の動きを注意深く見つめていたモナが、

「やっぱり腰の後ろが痛むのですね。手術の場所の真裏ですね。ほんとにしつこい痛みめ！」

まるで痛みが人格を持っているように、憎らしげにつぶやく。それがおかしくて私はつい、少し笑ってしまった。

「でも、これは手術の跡が痛むのじゃないのよ」

「そんなことわかりませんよ。あれだけ大きなお好み焼みたいな袋を引っぱりだした跡が、痛まないのが不思議だもの」

モナのいう袋とは胆のうのことだった。私はガンの巣喰っているという胆のうを、腹腔鏡手術で躰《からだ》の中から引っぱりだしたばかりなのであった。

「ちがうの、私のこの痛みは、あの手術とは関係ないのよ、私のガンは取る前、ちらとも痛まなかったし、手術の後も痛んだことないのよ」

「それじゃ、そのしつこい痛みは何なんですか」

「前からドクターから言われてるじゃないの、年寄りが必ずかかる筋肉の神経痛みたいなもの」

「みたいなものって、ずいぶん頼りないんですね、病院二つもたてつづけに入院してるのに」

「仕方ないのよ、どうせ人間の体は不可解で、医学でなんか全ては解らないところがある。今度の病気でつくづくわかったわ、人間が自然に勝てないのと同じように、人間の力は自分の体の病気にだって勝てないのよ。病気は自然と同じくらい人間より力が強い」

モナが黙って、のど飴を一つ私の口に押しこんでくれた。しばらく私は飴の甘さに溺《おぼ》れてか、お札のおまじないが効いたのか、うずいていた痛みがなだめられていた。

「この道、遠いでしょ、毎日、わたしたちスタッフが交替で、ここを通って病院へ通ったんですよ、バスで」

モナの口調には、その苦労を訴えるというより、なつかしがっているようなどこか甘い響きがあった。私はモナを黙らせるために、わざと眠そうに目を閉じた。

「もしかしたら、どこかの細胞にガンが残っているかもしれないけれど、まあ、大丈夫でしょう、その時は、またその時に――」

手術をしてくれたドクターは、それを笑い顔で言った。大ざっぱなそのものの言い方に、かえって自信たっぷりの頼もしさが感じられた。それは最初に、

「胆のうにガンがありました。……どうします？」

と、ベッドの脇に立ったまま彼が告げた時に感じた、妙な頼もしさと同じだった。

「取って下さい」

とっさに鸚鵡《おうむ》返しに口をついて出た言葉は、自分の声なのに、自分の中の誰かが勝手に喋《しゃべ》っているようだった。

満九十二歳の老婆が、もうすぐ死ぬのだから、今更手術は厭《いや》だといっても、当り前だと考えているような顔付だった。私の断乎とした疳《かん》高い声を聞くなり、いつも無表情なドクターの顔が、とたんに和《やわ》らぎ、微笑を押えこんだ甘い表情になり、

「じゃ、やりましょう」

と、きっぱりした口調で言った。

彼が部屋を出ていった後も、私の気持は平静だった。自然に、もう近頃では思い出

すこともなくなっていた亡き宇野千代《うのちよ》さんの華やいだ顔が浮んできた。小説家として大先輩の宇野さんが誰にも知らせず、腸のガンをひそかに手術したのは、確か七十代のはじめだった。

その時から十何年も経《た》ってから、それを本人の口から聞いた時の驚きを、忘れてはいなかった。

「医者は年が年だから、まさかあたしが手術するとは思わなかったみたい」

「どうして手術なさると決められたのですか」

「だって、気持悪いじゃない？　そんなヘンなもの、お腹に抱えこんでいるなんて。あたしの美意識が許さない」

顔の隅々まで白く華やかに化粧の行き届いた、九十近い老女流作家は、艶然《えんぜん》と笑っていた。

凄い！　と思ったその時の感動が突如、生々しくよみがえっていた。口うるさいマスコミにも気づかれず、ガンを退治したあと、宇野さんは九十八歳まで美しいまま生きのびておられた。ただ作品は、九十四歳の時、「或《あ》る小石の話」という短篇の傑作を書かれたのが最後で、あとはこれという作品はなかったのではないだろうか。「或る小石の話」は、宇野さんらしき老女が子供のような年齢の男と気を許しあうつきあいになり、外国への旅行がちな仕事の男が、旅から帰る度、訪れて、旅の話をしてくれ、ささやかな旅先の土産《みやげ》を持ってくる。最近の土産は、カナダの何とか島の鯨《くじら》が体をこすりつける海辺の小石のいくつかで、それは鯨にこすられてまろやかになり、味わいが出てきた。老女性作家は早速、朱色の朱珍《しゅちん》という布の上に小石を大切そうに載せて、身辺近くに置き、愉《たの》しんでいる。小石は朱珍の上でいかにも気持よさそうに見えた。二人は当然プラトニックな間柄だった。

その男がある夜、老女の寝室に入ってくる。宇野さんのペンは、そこで二人が、裸のまま、

「股を合わせた」

と書き、いつまでも股を合わせたままで、その短篇は終っていた。私は数多い宇野さんの傑作の中でも、その作品に最も感動した。男が「這入《はい》っても好いですか」と襖《ふすま》の外から挨拶して女の寝室に入って来るところからは、明らかに老女の夢である。もちろん夢という文字はどこにもなかった。

私は、これくらいの作品が書けるまでは、死にたくないなと思っていた。心底からそう思い、読後の興奮で胸がしばらく高鳴っていた。

私は今、すでに九十二歳になっている。数え年なら九十三歳だ。宇野さんの小説の

老女はおそらく、数え年だっただろう。宇野さんも、数え年に馴染んでいた筈《はず》である。私は自分の年齢をつくづくふり返った。三十代の初めからペン一本で六十年以上も書きつづけてきて、まだ私は死ねないと思った。それを越す小説は書けていない。

「あたし、何だかこの頃、自分が死なないような気がする」

と、宇野さんが言いだされたのは、いつ頃だったか。玲瓏《れいろう》とした笑顔でそういうのが口癖になってから程なく、宇野さんは老衰で安らかに亡くなっている。九十八歳であった。

なぜ、私は自分がガンの告知を受けた時、他のガンで死亡した誰でもなく、宇野千代さんをとっさに思い出したのだろうか。

医者がすぐ手術をしてくれと言った私の言葉に納得して、部屋を出て行ってからも、私は気分がよく、思いがけずこんな時に蘇った宇野さんの思い出から逃げたくはなかった。

宇野さんの後半生に仕えた秘書の藤江《ふじえ》さんの御主人が突然亡くなった時のことだった。藤江夫妻は宇野さんのお供で、三人揃って私の棲《す》む寂庵《じゃくあん》へも見えたことがあった。陽気でしっかりした藤江さんの背後を守るように、無口でおとなしい藤江氏が、影のようにいつでも寄り添っている様子は、傍目《はため》にも頼もしく美しく、この安定した夫婦に守られている宇野さんは、いかにも安全で、安心しきった様子に見えていた。

三人の中で一番健康そうに見えた藤江氏の、突然の訃報《ふほう》に、取りあえず私が駆けつけた時、藤江氏の遺体は、青山《あおやま》の宇野さんの住むビルの三階の広い一室の真ん中に、寝かされていた。突然、未亡人になった藤江さんを囲んで、二、三人の女人たちがしめやかにお悔やみをつぶやいていた。

そこへ、すっかり丸くなった背を、しゃんと反るようにのばした宇野さんが、足音もなく入ってきて、私たちには目もくれず、真っ直ぐ、藤江氏の遺体の前にゆき、顔を掩った白布を両掌で持ちあげ、長い間、じっとその顔を見つめてから、白布を丁寧にかけ直し、相変らず私たちを無視したまま、両手を正座し直した膝に置いて、虚空《こくう》をしんと見つめていた。端然《たんぜん》としたその後姿からは、九十すぎた老女の弱々しさの影もなく、それまで家族の一員のように暮した藤江氏の急逝に、うち沈んでいる風情もなかった。何か近より難い威厳が宇野さんを包んでいた。突然、沈黙を破って宇野さんのいつものやや疳高い声が部屋に響いた。

「人の死というものは……人間の思考を倫理的にするものですね」

おごそかな宣託のような口調と声に威圧されて、私たちはしんと黙りこんでいた。

宇野さんは遺体に軽く頭を下げると、よろめきながら立ち上り、無言のまま部屋を出ていった。歩く後姿は、急に背中がまるくなり、足許はおぼつかなく、明らかに九十老婆のはかない姿に外《ほか》ならなかった。

どうして、突然、宇野さんの想い出ばかりがわき出てくるのだろう。

——ガンの手術をしたばかりだからよ——

誰かの声が虚空から当り前のように言う。

私は車のストレッチャーに躰を横たえ、その姿勢を整えようとする度、刺すように痛んでくる背や腰の痛みに顔をしかめながら、また、不意に聞えてきた杳《とお》い男の声に耳を傾けた。

「宣告の時、医者が何と言ったと思います？　高見順《たかみじゅん》さんと同じです、って！」

声はもうとうに鬼籍に入った江國滋《えくにしげる》さんのものだった。

江國さんは、私が「週刊新潮」に初めて「女徳《じょとく》」を連載した時から、私についてくれた係りの編集者だった。一見、深刻そうな表情を絶やさない、身だしなみの崩れたことのない、生真面目《きまじめ》そうな男性の編集者で、見かけの重厚な感じから、私は自分より年長のベテラン編集者とばかり早呑みこみして初対面から恐る恐るつきあっていた。が、ある時、ふとしたことから、私より一廻りも年下の男性だと解って、涙の出

るほど笑いこけてしまった。笑いにむせかえりながら、文句を言う私に、

「ぼくはだました覚えなんか毛頭ありませんよ、瀬戸内さんが勝手に思いちがいしてただけです。大体すべてにおいてそそっかしくて早合点の多い方だから」

と端整な顔の表情も変えずに言い放つ。

毎週、週刊誌の連載原稿を取りに来るにつれ、親しくなった江國さんは、入社して程なく、ベテランの女性編集者の心を射とめて、社内結婚をしていた。有能なその女性は、家庭に入っても有能な主婦で、年下の夫の、老人のように小うるさい注文や文句を、すべて呑みこむ度量を持ち合せていた。若さに似合わず万事に面倒な趣味の夫は、電気釜など一切使わせず、米は竈《かまど》に薪《まき》を燃やして炊《た》かせているという。

有能で有名だったベテラン女性編集者を、そこまで惚《ほ》れこませる男の魅力があるのかと、私はつくづく江國さんの顔を見直したことだった。

親しさが増すにつれ、信じられないほど、多彩な能力を彼自身も具《そな》えていることがわかってくる。

まず、落語が大好きで、会社が休みの時はほとんど落語の小屋に通っている。

ある日、さり気なく誘われてつれて行かれた絵描きの個展場で、しっとりした和服姿の江國夫人に迎えられ仰天した。その展覧会は絵描きとしての江國滋さんの個展場

だったのである。

その頃になってまた、江國さんの随筆が、気の利かない作家や自称エッセイストたちの文章よりはるかに魅力的なのにも気がついた。

そのどれよりも愕《おどろ》かされたのは、カードマジシャンとしても玄人《くろうと》はだしで、いつの間にか、日本奇術協会の参与になっていた。

その腕のほどは、時々気がむくと寂庵のスタッフたちを一室に並べ、その前でトランプを扱ってくれたから、その手速く動く指と、生きもののように飛ぶカードの敏捷《びんしょう》さに、スタッフも私も、子供のようにあんぐり口をあけて見惚《みと》れ、声も出せないのであった。

「これからヨーロッパへ仕事で出かけます、オーストリアで、王妃の前でカードマジックをして見せる予定になっています」

まるで隣のおばさんとじゃんけんをするように気易く云《い》うので、私もスタッフも益々《ますます》恐れいって、笑いも出ない有様であった。

どれだけ多彩な才能を一身に集めているか知れない江國さんは、案の定、編集者ではあきたらず、いつの間にか会社を退き、個性的なエッセイストとして、引っぱりだこの人気者になっていた。対等のもの書き仲間になってからも、私と江國さんのつきあいは変らず、いつの間にか江國家の家族も交え親類どうしのようになっていった。

仲が好すぎて子供が出来ないと噂されていた江國家にも、いつの間にか二人の女の子が生れていた。長女の香織《かおり》さんが書いた童話を江國さんからこっそり見せられた時、興奮して読後即、江國さんに電話をかけた。

「どうやら、娘の方が親より大物《おおもの》みたい！　必ず香織さんはやがて一流の作家になりますよ。凄い才能です」

と宣言した。

「そんなこと！　ある筈ないですよ！」

と否定する江國さんの声は、いつになく高く弾んでいた。

滋酔郎《じすいろう》の俳号を持ち、いつの間にやら俳人仲間ともつきあっていた江國さんに、入門を申しこんだが、束脩《そくしゅう》だけは受け取りながら、一回しか私の俳句は見てくれなかった。

「小説家の俳句って、みんな重くってダメだな、俳句って軽さが本質だから。いまは、よそ見せず小説に専念して下さい」

それっきりだった。

長ずるにつれ、人並以上の美人で神秘的な魅力を備えてきた香織さんは、書く端から文学賞を次々取る作家になっていた。ロマンチックで詩情にあふれた作品は、本来多作にむかない筈なのに、いつの間にか香織さんの作品は、どの雑誌をも飾り、流行作家に数えられていた。

「あれは不良でどうにも困ったもんです。風呂に入ったきり出て来ないんですよ。風呂の中で飯食って、お菓子たべて、本読んで、書くんですよ。妹の晴子《はるこ》は実におとなしく真面目な娘なんで、悪影響を与えられたら困ると、心配で……」

と、言葉ほど心配そうでない声で訴える。江國家は誰からも人の羨《うらや》む幸せな家庭だと、見られていた。

その江國さんが、突然、病院から電話をよこして、私を驚かせた。

「宣告の時、高見順さんと同じですって医者が言うんですよ、ひどいでしょう」

高見順のガンは自分で病状をくわしく書いた日記を発表して、世間に広く知られていた。亡くなるまでペンを離さなかったが、ついに病気に負けて亡くなってしまった。江國さんの恨めしそうな言葉を聞いて、私はとまどった。

「あなたは何々のガンです」と云うのと、「高見順と同じです」というのと、そんなに差がある言葉だろうか。繊細な江國さんの神経では、直接、ガンと告げられたことが耐えられなかったのか、いや、高見さんは涙ぐましい闘病の末、ついに亡くなっていることが、江國さんの神経に障ったのだろう、やっとそう気のついた私は、それより、江國さんの宣告にあまり動じていない自分にとまどっていた。人間は誰でもいつかはガンになるんだと、私はとうに思いこんでいた。父も姉も、ガンで死んでいる。深く関わった男たちも次々ガンで死んでいった。

最期《さいご》まで売れない小説家だった年上の男は、死ぬ前に家族の誰も気づかないうちに、自分の生涯の文学に関する本も、原稿も、資料も何一つ残さず焼き払っていた。舌ガンで何より好きな酒も長く呑めず死んでいった。

私が家庭を捨てる原因になった若い男は、同棲はしても結婚しない私を見かぎって、自分に惚れこんできた若い女と結婚し、子供を二人造っていた。一時は、ある程度の成功をおさめていた放送関係の事業が行き詰り、取立ての厳しい借金と、末期の肺ガンのため肉体的にも絶望して、家族を救う目的で、雪の降る二月のある朝、事務所にしていた仕事場で縊死《いし》していた。

妻と子供たちは、前日、妻の里に帰して、債権者から守ろうとしたらしい。

彼の死を泣きながら知らせてくれた彼の中学時代からの親友も、その数年後、ガンであっけなく死亡している。

近年特に目まぐるしい程次々去っていったもの書き仲間の病も、大方がガンであった。人間は年をとれば、若い時のにきびのように、ガンが体内に吹き出るのだくらいに、私はガンに馴れきっていた。自分はガンになる前に、おそらく頭がさけて死ぬだろうと思いこんでいた。

私はくも膜下出血を五十二歳の時患《わずら》っている。

五十一歳で私が出家した時、師僧になって頂いた今東光《こんとうこう》師は、出家者のような実名で小説を書いておられたが、三十代で突然、前衛派の作家として期待されていた立場を自ら捨て、東京から比叡山《ひえいざん》に走り、天台宗徒《てんだいしゅうと》として出家されている。後年、人々から作家だったことを忘れ去られていた頃、突然「お吟《ぎん》さま」で直木賞を取られ、何十年ぶりかで文壇に返り咲かれた。私の出家を認めて下さった直後、腸のガンに冒され、私の得度《とくど》式には手術の直後に当ったので、戒師として出席しては頂けなくなった。

「俺の腸を食いやがった不埒《ふらち》なガンめ！　焼鳥にして食ってやる！　切った奴をここへ持って来い！」

と、術後にわめかれ、医者たちを仰天させたと伝えられている。

その後、回復されたかに見え、お仕事も盛大にされていたが、結局、再発したガンのために、七十九歳で遷化《せんげ》されてしまった。

私が、ガンを人ほど恐れていないのは、こうした身の廻りの人々の多くのガン死に、狎《な》れてしまったせいなのかもしれない。

私が秘かに今、恐れているのは、頭がさけることだけであった。それも突然、病気が起って、その場で即死するならきりがいいが、言葉も出なくなり、ロレって、ついには自分で判断が出来なくなっても、他の内臓が元気で、生きつづけたらどうしよう。私の美意識は、どうしても、そうした自分の見苦しい老いと病いを許すことは出来ないのだった。くも膜下出血の時、辛うじて手術はまぬがれたが、一切の生活行事はさしとめられていた。たまたま見舞いに来てくれた男が、ゆっくり散歩くらいは出来るようになった私をつれだして、私ののろい歩調に合わせて歩いてくれていた。私は人通りのない川端の道で、さっきから云いだしそびれていた言葉を口に出してみた。

「ね、私、ロレってる?」

間髪《かんはつ》をいれず男の声が返ってきた。

「ロレってるよ、ずっと……人に会わない方がいい」

「……やっぱり。そんな気がしてたんだけど、うちのスタッフは誰もそう言わないから」

「誰だってロレってる本人に真実を言うやつなんか居ないよ。それより、そのまま頭がどんどん悪くなって生きてゆく方がよほど大変だ。小説を書けなくなったあんたなんか、死んだ方がましだ。もし、小説が書けなくなったらさっさと死になさい。自分で死ねなかったら、俺が殺してあげる」

男の顔を見ると、至って真剣な顔付をしていた。それを聞いて悲しくなるより、余りにも真実を云う男の言葉に、私は笑ってしまった。

「笑いごとじゃないよ！　真剣に考えなさい！」

私はまだこみあげてくる笑いを呑みこんでむせていた。

その男が、それから数年後ガンになった時、死にたくないと懊悩《おうのう》しつづけた。

「いやだよ、まだ六十代なんだよ、せめて七十代で死ぬならあきらめがつくかもしれないけれど、今、死ぬのは厭だ！　どんなことしても生きたい！　仕事をもっとしたい！」

私の顔を見る度、男は見栄も気取りも忘れて、腹の底から呻《うめ》くように悲痛な声をだした。

私はかつて男が私に言ってくれたように、

「死になさい！　私がついていてあげる！」

と言葉に出来ないのが辛かった。新聞や雑誌に出ているガンに効くという薬の広告を、男はどんなささやかなものでも見逃さなかった。見舞いに来た客から、中国の何とかいう薬が効くとか、南米の何とかいう薬で治った人がいるなど聞くと、真剣な顔でその薬の名を枕元の手帳に素速くひかえ、どれほど高価でも取り寄せようとした。

私は彼の生へのそうした見栄も外聞も忘れた執着を、一度も見苦しいと感じたことはなかった。むしろ彼に比べてはるかに薄い自分の生命への執着に、胸がとまどっていた。

ある日、彼の病院のベッドの枕元に厚いしっかりした本があった。「往生要集《おうじょうようしゅう》」という本の名を見て、私は胸が詰った。天台宗の高僧源信《げんしん》が十世紀末に著したもので、人間の死に際しての臨終行儀について書いた名著だった。死にたくないと言い暮す彼も、ひそかに臨終行儀に心がむいているのだろうか。

「この本、重いでしょう、文庫本があるわ、持ってきましょうか」

「いや、いい、もう読まないから」

どうして読まないのかと訊けなかった。

「確か、お宅のお姉さんは、医者が三ヵ月と予言した通り、ぴったり三ヵ月で亡くなったんだったね」

「ええ、でも、最期は、モルヒネを増やしてもらったから……苦しませたくなかったから……」

言ってしまって、私は慌てた。病人がどんなつもりで姉の最期を訊きたがったのかわからなかった。三ヵ月と言われた四国の姉を、私は週毎に、京都から見舞っていた。いつも、日帰りで通った。それを見て、男はとがめた。

「病気になった人は気の毒だけど、仕方ないだろ？　そんなに無理して、見舞いに行ってたら、今にあんたが倒れるよ、どうする？　少し、見舞いをひかえれば……」

私は返事の仕様がなく黙っていた。そう言いながら男は、もう二度も東京から徳島へ、ひとりで姉を見舞ってくれていた。

自分が病気になった時、男は私の見舞いを拒んだことはなかった。東京で仕事があったからそのついでだと京都から行く私の嘘を見ぬいていながら、いつもだまされたふりを装っていた。

ガンが発見された時、「後、半年」と医者は彼の妻に告げていたが、彼の生への妄《もう》執《しゅう》の強さは、それから三年も闘病生活をひきのばしていた。

臨終の時、彼の視力の薄れた目が追い需《もと》めたのは、敬愛して慕っていた同業の先輩でもなく、ベッドに取りすがって声をかけつづける娘たちでもなく、その背後から見つめている私でもなく、なぜかその時、病室から姿を消した妻の姿だけだった。漸《ようや》く妻が病室に帰ったのを見届けてから、その人と娘に手を握られ、瞼《まぶた》がゆっくりと落ちた。彼等の後方からずっと立ちっ放しで見守っている私の方に、ちらとも視線を向ける閑《ひま》はなかった。

その二、三日前、今度は長いつもりで来てくれと呼び寄せられて、誰も居なかった病室で逢った時、もう私の目には死相としか見えないやせ細った顔を天井にむけ、私の顔を見ないで呻くようにつぶやいた。

「あなたのおかげで、あらゆるうまい物を充分食べさせてもらったけれど……」

私は珍しいことを云うと息をつめた。

「でも、今となっては、それもみんな、空しかったなあ……」

私は黙ったまま、それらを食べた時の、子供のように無邪気な彼の食欲と満足そうな表情を思いだしていた。

切られ与三《よさ》になっても切って切って切りまくって、生きぬいてやるといった闘志のせいか、生命は半年と医者に予言されてから、彼は執念だけで三年も長く生きのびた。享年は私の姉と同じ六十六歳だった。

死顔は女のように繊細で美しく寂《しず》かであった。あれほど生きたがった狂暴な欲望は全く消え失せて、自然に掌を合わせずにはいられない清浄《せいじょう》な気韻《きいん》に包まれていた。

「センセ、その姿勢で空が見えますか？」

モナが訊く。

「ええ、何とか」

「きれいでしょう？　病院の窓から見るのとちがうでしょう」

車はいつか街の中に入り、雑多な建物の間を大きすぎる動物のようにのろのろ走っていた。首をまげたまま仰ぐ空は別にきれいとも感じなかった。それでもモナを失望させたくなく、何とかモナの期待している答えをしてやりたいと思った。私が黙っているのでモナの声がつづいた。

「寂庵は今、美しいですよ。まだ紅葉にはちょっと早いですけど、あ、そうだ、敬老のお菓子が町内会からきてますよ、ちゃあんとそのまま残してありますよ、モナは一口も食べてませんからね」

「どうせ、モナの好きじゃないお菓子だったのでしょ、アカリちゃんが病院へ持ってきましょうかっていったけれど断ったの、だって、手術が敬老の日だったのよ」

「ああ、そうでしたね、敬老の日に九十二歳のおばあちゃんが胆のうガンの手術するなんて変ってますよね」

「でもあれは取ってもらってよかった！　全身麻酔だけが、はじめてで怖かったけど、どうってことなかったし……でも平野啓一郎《ひらのけいいちろう》さんのおばあちゃまのような、ヨーロッパの王国の舞踏会で踊ってるようなすてきな夢は見られなかった。数を五つも数えたらすうっと眠ってしまって……おへそのまわりに三つくらい穴をあけて、そこに機械を据えて、一息に胆のうを吸い出すんでしょ。あの時、モナはどこにいたの？」

「廊下の椅子で待ってたんですよ。ひどく早く呼びこまれて……もう終ってたんです。三つの穴だってほんとに小さくて血も出ていないし、先生がよくいわれるように、にきびとるみたいに簡単なんですね、でも同じ手術であれから四、五日後に千葉の方の病院で、三人も死んじゃったんですよ」

「そうらしいわね。テレビで見た」

「うちのお姉ちゃんが云ってたけど、センセってほんとに運が強い方なんですって！あそこは夫婦とも医者でしょ。だからモナ、今度は始終メールでセンセの病状報告してお姉ちゃんに相談してるんです。彼等がいうには胆のうって、ほんとに見つけ難いところに存在していて、そこにできたガンなんて、胆のうそのものが見つけ難いから、ガンが見つかった時は、たいていもう末期になってるんだそうですよ。センセはほんとに初期で見つかったなんて、全く運が強いんですってよ」

「………」

「腰の痛みがなかなかとれないってセンセ怒ってたけど、その為入院が長びいたおかげで、胆のうのガンが発見されたんだから、やっぱ凄い強運なんですって……」

「でも私、胆のうはどの内臓よりも、なじみがあるのよ。今度みたいに全身すっぽりは見たことないけど、戦後、家を飛びだしてうろうろ苦労した時があるでしょ」

「駈落ちするつもりだったのに相手が来なかったってね」

「どうして知ってるの？」

「自分で書いてるじゃないですか」

「でもモナは小説なんか読まない人でしょ」

「ここに来てもう四年にもなってるんですよう。いくらなんでも少しは読まなきゃね」

「おそれいりました、それじゃ『痴人の愛』も読んだ？」

「ハーイ、読了、ナオミとモナは全然似てません」

モナのことを寂庵へよく来る東京の出版社の編集者たちが、ナオミのような女だと評判にしてると噂が入った時、谷崎《たにざき》なんか一冊も読んでいないモナは、キョトンとしていたので、私が「痴人の愛」を読むことをすすめたのだった。

私はやっつけたわが胆のうと相当縁が深かったのである。一人駈落ちをした後、私は京都で職につき、とにかく自立してみることにした。油小路《あぶらこうじ》にあった小さな出版社にもぐりこみ、何とか暮していた頃、社から東京へ集金に行く仕事を申しつけられ、上京した。仕事は半日で終り、女子大からの友達の下宿で、一晩泊めてもらい、翌朝京都へ帰ることにした。その夜、突然おなかが痛くなり、七転八倒した。たぶん胃けいれんだろうということになり、がまんできないので、その下宿の近くの町医院にかけ込んだ。そんな時間でも診てくれるのが町医院の都合のいい点である。白い長いひげをはやした老医者《せんせい》が、

「これは胆石があばれているのだ」といい、石を取ることになった。直径五ミリくらいのゴム管の先に金属の口のついたものを咽喉《のど》から入れ、徐々にそれを内臓深く入れ胆のうの入口まで送りこみ、その管の中に吸い出しの仕かけをし、しゅう、しゅうと石を吸い上げるのだった。その間じゅう、こちらはただ椅子に仰向けにされ、身動きも許されない。長いような短いような時間が過ぎ、しゅう、しゅうがとまったと思ったら、老ひげ先生の声がして、

「さあ、見なさい、これだけ石が胆のうの中につまっていたのですよ。これでさっぱ

りしました。しかし、これはくせになるかもしれないから気をつけて」

と言われて見せられると、砂利《じゃり》のような小石が、盆から溢《あふ》れるようにもり上っていた。嘘のようにさっぱりして治療室を出て支払い口に行こうとしたら、その壁ぎわにガラスケースの陳列台があり、目をこらしてみると、大小の石が並べられている。私の拇指《おやゆび》の第一関節から先くらいの大きな石が目立っているので、その持主だった人の名札を見たら、「志賀直哉《しがなおや》先生御石」と書いてあった。いつかは小説家になろうと思いこんでいる私が、小説の神様の見事な胆石を拝むことが出来たというのは、何という僥倖《ぎょうこう》だろう。

この話はまだモナにしていないかなと思ったが、もっとゆっくりした状態で話してあげようと考える。

「胆のうって何の役にも立たない、なくても困らない内臓なんですって！　十二指腸みたいに。だからセンセの今度の手術はよかったのですよ。でも真っ赤な胆のうを、病室までドクターが持ってきて、ぺろっと開いて、ここここにほら、ぶつぶつがあるでしょう、これがガンです。よく見たら、悪性でした。良性か悪性はこうして取ってからでないと、わかりません。まあ、今度の手術はしてよかったということですね」

なぜかドクターはその言葉をモナの顔に向けて話しつづけた。どうやら私のことは全く耳が聞えないか、認知症のおばあちゃんと思っているらしい。

モナがごそごそしていると思ったら、どこかから魔法のように私の大好物のアイスクリームを取りだして私の胸の上につきだしていた。

「ハイ、幸運のおばあちゃま」

無

宇治《うじ》の病院から、嵯峨野《さがの》の寂庵まで、一時間二十分もかかって帰りついた時、寂庵のスタッフの外《ほか》に、庭の掃除に通ってきている老人ホームの二人の老人や、車のあった時のもう八十近くになったもと運転手などが集っていた。中にきりっとした表情の中年のスーツの女性がいた。

「おめでとうございます」

車からストレッチャーをおろすことを、集っている男たちに、てきぱき命じながら、私に愛想のいい挨拶も忘れない。

いつの間にか私より先に素早く下車していたモナが私の耳にぐっと顔を寄せ、

「カイゴシエンセンモンインの川田《かわだ》さん」

と、教える。早口なのと、聞き馴れない言葉が、私にはチンプンカンプンでさっぱりわからない。人の顔は覚えていても、名前は片っ端から忘れている最近の私の状態を、すっかり呑みこんでいるモナがその女性を私に思い出させようとした気転だった。

介護支援専門員とメモしたモナの手帳でようやく納得した。たしかにその人は初対面ではないが、私にはどういう人か思い出せない。

川田さんのてきぱきした命令に従い、そこにいた男たちにかつぎ直されたストレッチャーが、寂庵の「中の間《ま》」と呼ばれている奥の部屋に運びこまれた。床の間つきの八畳の和室は、徒《いたず》らに横長の一階建の寂庵の建物のほぼ中央に当る。その部屋は、きゃしゃな桟《さん》の障子で庭とへだてられているだけで、庵の中ではどの部屋よりも庭に近々と直面している。建てる時、建築士に私のつけた注文のただ一つは、床を普通より低くして、部屋に坐ったら、庭に坐っているような感じにしてくれということだけだった。

親しくしていた画家の堀文子《ほりふみこ》さんに紹介してもらった建築士は、有名な温泉地の代表的宿をいくつも設計していて、その道では名人と呼ばれている人物だそうだ。堀さんの紹介状を持って一人で東京のK氏の事務所を訪れた時、温厚な顔付と謙虚な物腰のK氏は、言葉少なながら頼もしいうなずき方をして、その場で、私の庵、その時は庵という呼名も思い浮ばなかった新しい家の設計と建築を引き受けてくれたのだった。

五十一歳の晩秋、出家する予定になっていた私は、出離《しゆつり》後の晩年を過す住み家を必要としていた。すでに何年も京都に住み、右京《うきよう》区の御池《おいけ》通に家を構えていた私は、その家を売って、嵯峨野に売り出されていた造成地を新しく買った。

そこは、初めての週刊誌の連載小説「女徳」を書く為、モデルになって貰った祇王《ぎおう》寺《じ》の庵主、智照尼《ちしように》を訪ねて、度々東京の仕事場から通ったあたりだった。

小倉山《おぐらやま》の麓《ふもと》で、道の両側にひっそりと並んでいる旧《ふる》い民家の前には、細い溝のような澄んだ水の小川が流れていて、いつでもその水の中に、今、畠からとってきたばかりのような瑞々《みずみず》しい青菜や野の花などが漬《つ》けられている。家々は真昼でもひっそりと戸障子を閉ざした仕舞屋《しもたや》で、物音もない。

閑静この上もなかったこの辺《あた》りが吉屋信子《よしやのぶこ》さんの平家物語のブームにつれ、女性週刊誌の派手なPRの為か、たちまちギャルたちの憧れの旅行場となって、質素で閑静な道の両側の町家が、競って急ごしらえの土産物《みやげもの》屋に模様替えしてしまってからは、すっかり雰囲気が変ってしまった。それでも私がこの土地に越し、終《つい》の栖《すみか》としての家を構えようとした頃は、まだ、あたり一面、青々とした畠が広がり、閑寂そのものであった。いわゆる嵯峨野の風情と情緒がまだ充分しっとりと残っていた。

私の入手した土地は、愛宕《あたご》街道沿いの曼荼羅《まんだら》川の南にあり、そこに立って目を上げると、真向いに大文字の燃える夜は、鳥居形の火のつく曼荼羅山が低く横たわっていた。その真下には、古風な藁《わら》屋根の民家が二、三軒、ゆったりと並んでいた。嵯峨鳥《とり》居本仏餉田町《いもとぶっしょうでんちょう》という地名から見ると、この辺りの田畠は、昔は寺々に収めるまかないの米を作っていたのだろう。

造成地は千坪の広さで、千坪まとめてでないと売らないといわれた。到底そんな大金は調達し様もなく、すったもんだのあげく、半分の五百坪でようやく話がついた。当然、御池の家と土地を売った金では間に合わず、銀行からの借金となった。

御池の家が早々と売れてしまい、住む家を一時、失ったので、嵯峨野の家が建つまでの間、大原《おおはら》の麓の鮫島六右衛門《さめじまろくえもん》氏の貸家の一つに一時身を移した。鮫島氏は祇王寺の智照尼に紹介された人物で、智照尼は、

「京都で最も粋人《すいじん》で、美男子で、大金持の男さんを御紹介します。私もいざという時は、必ずお世話になる頼もしいお方ですよ」と、きゃしゃな姿に似合わぬ野太い地声で言い、その声に似合わぬ艶冶《えんや》な笑顔を私に向け、意味有気に薄い肩をちょっとすくめて見せた。

そしてある日、智照尼を乗せた黒い大きな外車が迎えに来て、私ははじめて九条山《くじょうやま》

の六右衛門氏の邸宅に案内された。定紋入《じょうもん》の帽子を物々しくかぶった運転手も大きな外車も、六右衛門氏のものだと車の中で聞かされた。

九条山に二千坪の鮫島家の邸宅があった。邸《やしき》を取りまいた物々しい塀は黒塗りだった。私は物書きになってから、日本の各地へ講演やら、取材やらで旅することが多くなって以来、旅先の町々で見かける黒塗りの高塀の家に度々出逢っていた。案内してくれた一人が、その塀に見入っている私に向って言った。

「御承知だと思いますけれど、高利貸の邸はみな塀が黒塗りです」

「どうして？」

思わず問う私に、案内者はにやりとして、

「あの人等はえろう金持ちでっしゃろ？　それで泥坊よけに塀をまっ黒にするといいます。夜になったら黒塀なら闇にとけこみます」

私は思わず声をあげて笑ってしまった。まさかと思ったが、それ以来、気をつけてみると、旅先の町に、そんな家が必ず一、二軒は見つかった。

鮫島邸の黒塀にそって、内側には見事な桜の大樹が並んでいた。ゆるい坂になった塀沿いの道を登ってゆくと、また冠木門《かぶき》があり、その奥に邸があった。門のそばまで出迎えに出ていた中年のお手伝いに案内され、邸の玄関に入ると、上りがまちに結城の着馴らした対を身につけた男が、満面の笑みで仁王《におう》立になり、出迎えていた。

「歌舞伎《かぶき》の六代目に似てると、花街《はなまち》では評判ですよ、私はイタリアで逢ったオナシスに似てると思いますけど」

智照尼が、祇王寺で私に言った言葉を思いだした。そのどちらに似ているともわからなかったが、並びのいい大きな白い歯を見せて、真っ直ぐ、私の目を見つめ、笑いかけている顔は、堂々として、大まかな顔の造作が男らしく気持がよかった。頼もしいとはこんな男の表情を言うのだろうか。

通された部屋は、十二畳の部屋が二間つづきになっていて、境の襖は外されているので、二十四畳の大広間が真西に向いている。座敷の外は、広い縁側が取り巻き、縁に立つと、真下に京都の町が一望の許に沈み、町の果てには愛宕山の山脈がくっきりと見渡される。

嵯峨野はあの辺りだろうかと、見惚れている私に、誰かが望遠鏡を背後から手渡してくれた。ちゃんばら映画でよく殿様が、お城から覗《のぞ》いているような、長い棒スタイルの古臭いものだった。くるくる廻してみたが一向に度が定まらない。背後で六右衛門氏の笑い声がした。

「それは貸金のかたに取ったやつで、撮影用の道具ですよ、ものものしいだけで、何も見えるもんじゃあらしまへん」

　一座の人々が、その声におもねるように、どっと笑い声をあげる。

　いつの間にか座敷には新顔が増えていた。もと祇園の芸者で、現在は人目をしのぶカップルを客種としている旅館「えにし」の女将《おかみ》と、素人《しろうと》の娘たちに三味線を教えているというやはり祇園の元芸者だった、つた吉《きち》という女だった。二人とも女千人斬りと世評に高い六右衛門氏の昔の女だった人たちなのだろう。ふっくらとした色の白い宿屋の女主人あやは、芸者時代、旦那に若い能役者との仲を疑われ、祇王寺の庵主の舞妓《まいこ》時代の有名な指斬り話を真似て、左小指を自分で斬り捨ててしまっていた。

「気がせいてたせいか、まっさらなまな板の上に出刃庖丁で叩《たた》き切った時、よっぽど気が逆上してたのどっしゃろなあ、あとで見たら、切り口がえろう見苦しいになってましてん。憧れの祇王寺の庵主さんのきれいな切り口の小指には、似ても似つかん鬱《うっ》陶《とう》しいものどした」

　まるで小説の話でもするように平然と語り、切り口をかくすため年中外さないという包帯の指の左掌をひらひらと顔の横で振って見せる。そういえば墨染の法衣の膝に、いつでもきちんと重ねて置かれた庵主の左掌は、手際よく小指をかくすように右の掌に畳《たた》みこまれていた。

智照尼をモデルにした小説を書いた時、その掌を自分の両掌で包み、つくづく見せてもらった小指の切り口のあとのきれいさは、まだ目の奥にしっかりと残っていた。庵主は、その短くなった指を裸のままにして誰にでも会っている。他の指も人より細く小さいので、指と掌だけ見ていると、まるで気の小さい可憐な女のような感じがする。決してそうではない庵主の内心の激しさと強さを、私は小説の中にしっかり書き残したつもりであった。智照尼は私の小説の中のヒロインの尼をいたく気に入っていて、

「いつか自分の自叙伝を書こうとひそかに思っていましたけれど、もうよします。お話ししなかった私の心の奥の奥までしっかり書いて下さって恐れいりました」

と喜んでくれていた。

六右衛門氏の千人の女の中に、小説家は一人も居なかったようだった。珍しさからか好奇心の旺盛さは隠そうともしなかったが、長い年月のつきあいの間、私は一度も六右衛門氏から危険な目に遭わされたことはなかった。何度断っても「せんせ」という呼名で通し、人前でも人のいない所でも、至極大切に扱われた。

二人の美しい令嬢が本妻との間に生れていた外、外子《そとご》が何人かいるという噂だったが、私は後に外子のうち男女二人だけ、会わせてもらってもいた。

女は先斗町《ぽんと》のよくはやっているお茶屋の女将になっていた。男は銀閣寺《ぎんかくじ》の近くで中華料理の店を出していたが、六右衛門氏と双子のように似た顔付をしていた。六右衛門氏を出迎えてもにこりともせず、一礼しただけで挨拶の言葉も出さず、さっさとのれんの奥の調理場に姿を消し、出ても来なかった。

「子供の中で、こいつだけが、露骨にわしを憎んでまして、わしの援助を一切拒んどります。頑固な所が血をひいてるんでしょうかな……」

娘たちの美貌や頭の好さを、それとなく誇る時のような、甘い目つきになっていた。

祇王寺の庵主に九条山の鮫島邸に案内されて以来、六右衛門氏は京都に縁者のいない私の守備役を智照尼に命じられたと言いたてて、私の面倒を積極的に見てくれようとした。

「はっきり言わして貰いますけど、せんせに妙な野心は一切ありませんからなあ、この年になっても女には一向に不自由はしてまへん、目下気を許しおうた女がおりましてな、これまでの女の中で一番話が面白うて、気が合うております。わしがせんせのお世話させて貰うのは、ひとえに祇王寺に頼まれたからですわ、長いつきあいですけど、あの庵主がわしに女を紹介したようなことは、これまで一度もありまへん。何かよくよく、せんせに恩を感じてるのとちがいますやろか」

「とんでもない。私の方が、御恩になっています。はじめての週刊誌の連載に庵主さんをモデルにした小説を書かせていただきたくて、いきなりお願いに上って以来のおつきあいなんですよ。その時、庵主さんは、あの清盛《きよもり》や祇王《ぎおう》祇女《ぎじょ》の像の並んでいる祭壇の前の座敷で、おっしゃったのです。わかりました。失礼やけど、あんさんのお名前は今日はじめて伺いました。本は大好きですけど、あんさんの小説ひとつも読んだことありません。でも、私は昔から妙な癖があって、一流の人や物より、これから伸びるかもしれないという末流の、まだかくれた才能に興味を持ちます。相撲でも芝居の役者でも、流行歌手でも、一流の人より、人気の出る前の人の才能に目をつけて、秘かに応援するのです。あんさんは、これからのお人のようで、小説のことは何もわかりませんけれど、何やら気力を感じます。はい、何でも書いていいですよ。私のことなら何でも話します。そして今日から、あなたの応援者になりましょう……そう言ってくれたんです」

「いかにもあの庵主の言いそうなことですなあ」

六右衛門氏は腹をゆすって笑い声をあげた。

「わかりました。わしもそのお話で気が楽になりました。ところで、庵主さんの小説の次に、祇園を舞台にお書きやす。小説家はこれほどいるのに、戦後の祇園を書いた人はまだおりまへんやろ、こんなええ材料ほっとくの勿体ないことでっしゃろ、何ぼでもお手伝いしまっせ、竹乃家《たけのや》の女将にも応援させますわ」

私は思いがけない話の進みようにどきどきしてきた。まだ足をふみいれたことのない祇園を書けたら、どんなに華やかな小説が生れるだろう。私の上気した顔色を見逃さず、六右衛門氏は声を落して言葉をつづけた。

「ただし……祇園を書くにはまず金がいります」

太いしっかりした指で丸を造って私の方に突きだすようにした。

「おいくらくらい？」

私は脅えて声がかれてきた。

「さあなあ、とにかくあそこは一に金、二に金、三に金の場所です。心づかいなど屁でもない」

私は急に暗くなった心を気づかれまいと、つとめて背をのばし、疳高い笑い声まであげていた。

祇園の小ぢんまりしたお茶屋竹乃家に六右衛門氏が案内してくれたのは、それから一週間とたたないうちだ。

背中と腰の痛さに思わずうめき声が出る。自分の寝馴れたセミダブルの木製のベッドではなく、介護支援専門員の肩書の川田さんが借りさせた金属製のシングルの、ボタン一つでベッドの上部や下部が自由に曲るものに私は寝かされている。病院から帰りつくまでは、痛みもさほどなかったのに。帰って川田さんが様々な注意をしてから漸く引きあげてすぐ、

「うちのお風呂に入りたいでしょう。もうお湯の用意ができております。まずお入りになりません?」

モナが言い、私は大喜びで、なつかしいわが庵の湯船に全身をつけた。温度も量も、入院前のまま、私の最も快適な具合に、なみなみと湯船に湯が満されていた。すべて電化なので、誰が用意しても失敗はない。私の好きな入浴剤も入れられていて、湯は薄緑色に染まり、なつかしい爽やかな匂いをたてている。入院中、川田さんの指示で取りつけたらしい木の手すりが、不様に壁にはりついているが、それにすがって動くと、裸体はよろけもせず、すらすら歩け、湯船をまたぎ湯の中に体が沈みこんでいく。――ああ、気持いい――思わず出た声を、他人の声のように聞きながら、私は

同じことばを三度重ねていた。全身に程よい温度の湯がまつわりつき、湯の快い温かさに、骨までうっとりしてくる。自然に瞼《まぶた》が落ち、この快適さのまま死ねるならなんと快いだろうと思う。反射的に、湯船の中で死んだ岡本太郎《おかもとたろう》氏の秘書で愛人のとし子さんのことが思いだされてきた。

太郎氏の晩年、パーキンソン病からきた認知症の介護を、長い間理想的な完璧さで何年もつづけた末、太郎氏を見送り、とし子さんはメキシコに残されていた太郎氏の壁画を探しだした。とし子さんの力で日本に持ち帰った壁画は、展覧会を方々でした上、渋谷《しぶや》の駅の壁に、どっしりと飾りつけられている。太郎氏の歿後、もう老体に近づいたとし子さんひとりで、その大事業をなし終えてから、思いがけない早さで、とし子さんは太郎氏の跡を追っていた。東京女子大の私と同じ国語専攻部の下級生だったとし子さんはすでに七十九歳になっていた。太郎氏の生前から酒量が次第に増えていたが、太郎氏が亡くなってからはいっそう酒量が高くなっていた。

その夜も、遅くまで外で編集者と食べて呑んで、酔っぱらったまま、帰宅するなり風呂に入り、そのまま急死したのだろう、三日ほどして外から通う掃除役の男に発見されたのだという。気にかかっていた壁画を発見して持ち帰り、もうとし子さんの太郎氏への奉仕のすべては終ったのだろう。

あれはいつだったか、珍らしくとし子さんが気力を失い、いつもの笑顔も出ない苦しそうな表情で、私に向って泣くような声で話しだした。

「ね、お願い、本気よ、もう、あたし、これ以上、気力出ない。疲れはてた！　この頃、先生よりあたしの方が先に死ぬような気がしてきた。ね、お願い！　今からでも先生を引き取って面倒見てあげてくれないかしら？　先生もきっとそれを喜ばれるから」

「いやよ！　先生の面倒なんか、とても私には見られない。あんなわがままで自分本位で自由な人、世話できるのは、この世の中ではとし子さん以外に、誰がありますか」

「……ああ、もう、あたし、つとまらない！　お願い！」

あれは亡くなる二年前か？　三年前だったか、それから程なくして太郎氏の病歿が報じられた。

お通夜に駈けつけた時、まだ他の誰も来ていなかった。とし子さんは「もうつづかない」と泣いた時より、ずっといきいきして若々しくなっていた。太郎氏の死を悲しむより、長い介護から解放されたという心の弾みを押えようもない様子だった。

「岡本太郎が死んだなんて！　誰が言うのよ！　先生は死んでなんかいません！　ち

ょっと眠っているだけよ。お顔見てやって！」

とし子さんが私を壁際のお棺の前に連れてゆく。花もない部屋の白木の柩《ひつぎ》の中の太郎氏の顔は、晩年のぼんやりした表情は消えはて、きりっと口を結んだ意志的な顔にひき締っていた。

今にも、

「何だい、ずっと見舞いにも来ないで！　ふざけんなよ！」

と、どもりどもり怒った真似をして、言いつのりそうな感じだった。

「お花は来ないの？」

お棺のまわりの殺風景さが淋しくて、私は訊いてみた。

「来たわよ！　いっぱい！　でも岡本太郎は死んでなんかいないのよ、ちょっと眠って休んでるだけなの、花なんか置くと、まるで死人のお棺のように見えるでしょ、いやだから向うの物置に片っ端から投げこんであるのよ！」

明るい声で歌うように、ほとんど叫んでいるとし子さんの笑顔を窺《うかが》いながら、ショックの余り、とし子さんまで、太郎氏のように急性認知症になってしまったのではないかと怖れた。

いつの間にか背後に、よし枝さんがひっそりと立っていた。よし枝さんは岡本家の家事一切を一人で引き受けて、太郎氏に仕えつづけ、いつの間にか婚期も逃してしまった人であった。美食家の太郎氏と、とし子さんは、よく外食して、フランス料理や中華料理を食べ歩いていた。そんな時も、よし枝さんはひとり家に残って留守を守り、一緒に出かけることなどなかった。客の前にも茶を運ぶことさえしないで、茶菓の支度の出来たものをとし子さんに手渡し、客の前に姿を出すまいとしていた。

私とは、いつも私が台所を覗いて声をかける癖がついていたので、私の声を聞くとこっそり台所の入口まで出てきて、扉で体をかくすようにして、二言三言話したがった。故郷に縁談が来ているそうだが、この際、親のすすめるように見合をした方がいいだろうか？　など心細そうに囁《ささや》いたりする。

「でももし私が嫁に行っちゃうと、先生が可哀相でしょう」

「とし子さんがいるじゃない」

「とし子さんは秘書の仕事は出来ても台所や片づけは出来ません。マッサージも出来ません。外食のお供ばかりで……先生はそんなにお金持ちじゃないのです」

今にも泣きだしそうなよし枝さんの肩を抱き、

「よし枝さん、何てやさしい人！　どうか太郎先生のところにずっといてあげて……」

と言わずにはいられなかった。

客が次々訪れはじめたので、とし子さんはますます陽気な声をあげ、時々笑い声さえたてながら相手をしていた。

「あなたのような才能豊かな人をずっととりこにして仕えさせ、太郎さんはほんとに幸せな方だったわね」

髪が銀髪になった美しい老婦人がしみじみした声でとし子さんに話しかけていた。まわりの人々が申しあわせたように深くうなずいている。

私はふと思いだした場面があり、よし枝さんの肩を摑むようにして、台所の奥へ押していった。

「ね、覚えてる？　ずっと前、太郎先生がほんとにお元気だった頃よ、夜遅くこの部屋で四人がいたことあったでしょ、太郎先生はソファーに寝ころんで、よし枝さんがその体をずっとマッサージしていた。とし子さんと私は床のカーペットにべたりと坐って、まだワインを呑んでいた。その時、太郎先生が、あなたに撫でられながら、ふっと、つぶやかれた。『おれ、ずっとこのまま死なないで、そのうち呆《ぼ》けたらどうしよう……』って。すると間髪をいれず、酔った甘い声でとし子さんが言った。『……大丈夫！　その時はあたしがせんせを殺してあげるから』太郎先生は、『そうか、その手があったか』ってつぶやいていた……」

「覚えていますとも、でも、とし子さんは約束守りませんでした」

金属製のベッドを教えられたように動かしてみる。自分の上体が起きるようにベッドの上方を起してみる。思いの外のなめらかさでベッドは次第に曲り、体はベッドごとゆったりと起き上る。そうしたところで、体の痛みは一向にとれそうもない。

病院から帰ってすぐ、風呂に入ったまではよかったが、風呂から上がって、脱衣室で足が立たなくなってしまった。全身に痛みが湧きおこり、かたつむりのように体を固まらせて床に寝ころんでしまい、ひいひい泣きだしていた。どっちに向いても痛く、耐え難い。様子を見にきたスタッフたちもあまりの私の痛がりかたにショックを受け、手の出しようがなく、茫然と私の身もだえする苦しみ様を見下しているばかりだった。彼等の腕が近づいてきただけで私の全身に刺すような激痛が走る。私はいつか幼い子供のように声をあげて泣きだしていた。

――病院へ電話する？

――救急車呼んで、また入院させてもらう？

――お風呂はあんなに喜んでたのに

口々につぶやいているが、触ると私が悲鳴をあげるので手の出し様もなく黙りこんでしまう。席を外していたモナがどこからか走り帰ってきた。

「医者のお姉ちゃんに電話して相談してたの、痛みどめのトンプク、きっと病院から貰ってる筈だから、それを二錠のまして背中を上にして寝かせてごらんって、痛むところには紙カイロはりなさいって……」

五時が終業時間なのに、みんな居残って、私の苦しみにつきあっている。

トンプクのききめで、痛みは徐々に薄れようとしていたが、まだ口をきくのが辛い。

今夜から毎晩一人ずつ当直しようという話をしている。

セメントを背中に入れたあとで、若いドクターが言った。

「ここの痛みはとりましたけれど、後にまた別の骨が同じ現象をおこすかもしれません。背骨はいっぱいあるのですから」

残っている背骨がひとつずつ痛みをおこすのなら、死んだ方が増しだと、本気で思う。

もう病院に戻るのはごめんだ！　このまま、背中が曲ってしまったまま、百まで生きるのも厭《いや》だ。さっき風呂の鏡で見た骨と皮だらけの醜悪な裸身……八十歳で白内障の手術をした直後、病室の鏡で自分の本当の顔を見た時の驚愕は、まだ増しだった。二十歳の時、四十日断食寮にいた後の、出山釈迦《しゅつさんしやか》のような骨と皮だけの姿だって、今より増しだった。肋骨にくっついた皮だけの姿でも、その皮膚には、ねばりと艶《つや》が残っていた。人より大きすぎもて余していた乳房は芯から柔かく力なく胸にこびりついていたが、摑むと、かすかな弾力が甘えるように掌にまつわりついてきた。下半身の肉もすっかり落ちていたが、二十歳の皮膚には皺《しわ》など刻まれていなかった。

風呂場の鏡でつくづく見た九十二歳の老いさらばえた自分の肉体の醜悪さを、どう感じとれというのだろうか。六十四歳で腸ガンで死んだ姉の白い躰は、やせ細ってはいたが醜くはなかった。五十歳で防空壕で焼き殺された母の背は黒い材木のようだったが、祖父におおいかぶさり、守っていたため、腹がわの皮膚は、思わず身をひくほど白く美しかったと叔母が云っていた……。

私の死ぬ時は誰が第一に私の裸を見るのだろう。

ああ、百まで生きたらどうしよう。万一、胆のうガンの組織の残りが、体のどこかにひそんでいて、出てきたとしたら……私はもう手術はしないでおこう。ガンの喰うにまかせておだやかに今度こそ死んでゆこう。

そういえば……太郎さんのお通夜の時、帰ろうとする私に気づいたとし子さんが走りよってきて、廻りに聞えるような疳高い声をだして言った。

「ね、どうしてあの時、先生がここへ来て一緒に住もうとおっしゃった時、いらっしゃらなかったの？　あの時、先生が造らせたあなたのお部屋は、そのまま、あるのよ、六畳の畳敷の日本間……」

私は不意を打たれて棒立ちになった。

まだ私に長い黒髪のあった時だった。四十歳余りの頃だっただろうか。いつものように訪れていた私に、突然太郎氏が言った。

「きみはいつも和服だから、畳の部屋がいいかい？　四畳半か、六畳か、どっちが好い？」

「何の話ですか」

「そろそろ、ここへ来て暮しなさい。とし子くんが、あんまり忙しすぎて可哀相なんだ。きみは文章も書けるから、助けてやってよ」

余りの話に私は笑いも出来ず、真剣な顔になってあわてて言い返していた。

「それはだめです、だってやっとこの頃小説家として扱われてきたところなんですもの、頼りなくても、一国一城の主になったばかりですから」

「ばっかだなあ、あんなつまんない小説書きつづけるより、天下の天才の岡本太郎の内助の女になって死ぬことが、どれほど女として名誉なことか……もっとものわかりがいいと思ってたのに……」

その後、どんなふうに帰ってきたか覚えていない。今、とし子さんが云ったのは、その時の日本間のことなのか。

また新しい客の一団にとし子さんが取り囲まれているすきに、私はそっと玄関を出た。思いがけずそこによし枝さんが待っていた。

「もしかしたら、これでもうお目にかかれないかもしれませんので……」

「そうね、太郎先生のいなくなった東京によし枝さんは居ても仕方ないわね」

「それであの、さっき話されていた日本間のこと……そんなものありませんから……先生が本気でそれを造ろうとなさった時、とし子さんが大反対して、けんかになったのです。二人にお茶を持っていって階段の途中で、けんかの声を聞いてしまったのです。そんなつまらないことを言う女とは思わなかったって……それではお体御大切に……ありがとうございました」

私は声を出すと泣きそうだったので、黙って力一杯よし枝さんの体を抱きしめていた。

痛みどめの薬の中には睡眠薬も入っているのだろうか。次第に神経が朦朧《もうろう》としびれてくるようだった。現実の岡本かの子にも一平《いっぺい》にも逢ったことがないのに、太郎さんのすっきりした年齢の頃の爽やかな笑顔の背後に、断髪のかの子の真白に化粧した顔が並んでくる。

太郎さんは、かの子や一平にあの世でうまくめぐりあえたのだろうか。

どう考えても私の意識の中によみがえるあの世の太郎さんは、病気前の、爽快な太郎さんでしかなかった。病いで死んだ人も、焼かれた人も、老い呆けてしまった人も、すべてあの世では生前の最も健やかな時に戻るのだろうか。

九十四歳で亡くなった小説の名手として文学史に名を残された里見弴《さとみとん》氏は、亡くなられる前の最後の長い対談を引き受けて下さった。

その時、私は最後に訊いた。

「死は、先生にとって何でしょうか」

「無！」

歯ぎれのいい美しい声で一言はっきりとお答えがあった。

「あんなに愛し愛されていて、先生より早く亡くなられたお良《りよう》さんとも、あの世で再会なさることは」

「ない！　死は無！」

口の中で「死は無」と言おうとする私の舌は、もう廻らなくなっていた。

秘密

長い闘病生活がつづき、別人のように人相まで変ってしまったため、人に逢う気分は全くなくなってしまった。親切にも顔を見るだけですぐ引きあげるからと言ってくれる優しい人にさえ、みっともないから逢いたくないと無遠慮なことを言い見舞を断っていた。

「家内も心配しているから、ふたりで伺うよ、顔を見るだけで引きあげるから」

いつも優しい梅原猛《うめはらたけし》氏の電話にさえ、

「あんまりみっともなくなっているからお逢いするのが辛い」

といって断ってしまった。

「何も美しい顔を見に行くといってないよ。病気中は誰だって衰えるさ、でも、今更、顔がどうのこうの、気にする年でもないだろうに」

「いいえ、気にしますよ、まして男の人には尚更このざまで逢いたくないですね、梅原さんは、私よりお若いれっきとした男性だもの」

受話器の中に梅原猛氏のたくましい哄笑《こうしょう》がはじけた。

「九十過ぎてもそのおしゃれっ気があるなら大丈夫、じゃ、伺っていい時が来たら、そちらから教えて」

夫人のやさしい笑い声もいっしょに受話器にあふれて、電話は切れた。

コーヒーを持ってきたモナが電話のやりとりを聞いていて、呆れたような声を出す。

「本気ですか？　やつれてみっともないから見舞を断るっての」

「本気よ、だって鏡見たくないくらいみっともなくなってる」

「それほど変っていないですよ。まあ、気になるならせいぜいパックしましょう。私がお土産に買ってきた韓国のパックを、安もので効かないっていってるでしょ。九十過ぎたお婆さんのいう言葉ですか。これ、ちょっと高いの買ってきたからパックしてあげます」

モナは用意してきた熱タオルで手際よく私の顔をむし、新しいパック剤の袋を破り、私の顔に手早くパックの紙を拡げてゆく。頭を剃ったり、顔から首をマッサージする手つきなど、天性なのか、アルバイトで習ったのか、モナは感心するほど上手なのだ。

「ほんとにこれだけは上手ねえ、感心する」

「これだけ？」

云うなり、モナの指が私の鼻を力一杯つまみあげた。

「どうしてこんなに鼻が低いのかしら、ほら、目と目の間に、普通の人は鼻柱ってあるじゃないですか、こちらさまはそこになあんにもございませんよ」

モナの美しくネイルした長い指が私のひらたい鼻柱をわざとらしく撫でさする。

「うるさいっ！　ほっといてよ、鼻柱のないのは私のせいじゃない、親の責任よ」

「小説には隆鼻術《りゅうびじゅつ》した女のことずいぶん書いてるのに、なぜ、しなかったのですか？」

「そんな閑がなかっただけよ。管野須賀子《かんのすがこ》も田村俊子《たむらとしこ》も今から百年以上も前に、隆鼻術してるんだからスゴイわね、あの頃は術そのものが下手だから、手術のあと、冬になると鼻の色が紫色に変ったりして大変だったらしいわよ」

「ふーん、今なら、すぐ全身脱毛してますね」

「え？　モナはしてるの？」

「そんなの、常識ですよ。若い娘《こ》はみいんなしてますよ、今のビキニはハンカチより小さいでしょ。もじゃもじゃしてたら、はみだして見られません」

「高いんでしょ、それって」

「ええ、でもモナは経済観念が発達してるから、インターンの見習いたちにしてもらうんで安いです。下手で痛いけど、安い」

「ああ、ああ、まさに万物流転《ばんぶつるてん》ね、もうついてけない」

「そう悲観することないですよ。モナが教えてあげます。教授料いくらにしますか？」

「あいた、た、た……笑ったら、まだ腰が痛む」

「全身脱毛は一回じゃ出来ない。何度もいきます。三年はかかるかな、でもほら、こんなにきれいになりますよ」

モナはセーターの腕をぐっとまくりあげて、すべすべの腕を見せた。

「うちの母が言ってたけど、母の女学生の時代も、何だか塗り薬みたいの腋《わき》の下に塗りつけて、脱毛してたって。センセと母は三十年くらい年の差があったけど、同じことしてたんとちがいますか？」

「ああ、そういえば、姉とよく、臭い白いクリームみたいな薬買ってきて腋毛とったわね」

「そうら、やってたんだ！　大体、腕や足の体毛やデリケートゾーンのもじゃ毛ありなんて、外国じゃ不潔に思われるっていうじゃないですか、脱毛で文化度を計られます。今度私の行く時、誘いますね、一緒に行きましょ」

「あのね、女は年をとると、自然に体毛が生えてこなくなるのよ。あんなに毛深かったのに、そうね、六十すぎからは全くつるつるになる。年をとっていいことってそれくらいかな」

「下もですか？」

「そこは充分残ってる」

「今度お風呂で体洗ってあげますからね、見せて下さい」

「アホなこと！　変な趣味ね」

「あれ？　法話の時に、いつだって好奇心を失うなって、口癖に言われるのはセンセじゃないっすか？」

「ああ、もう、馬鹿なこと言ってないで、仕事しなさい、あっ、何でモナを呼んだのだったっけ？」

「ほうら、いよいよ認知症到来、到来！　一昨日《おととい》、あたしの休みの日に、アカリちゃんにコーヒーいれさせて、十五分もしたら、センセは忘れて、お堂から君江《きみえ》さんが台所へ何か取りに来たら、大声でコーヒーがほしいってどなって、君江さんのいれたコーヒーをけろっと呑んでしまったんですって？　前のコーヒー茶碗が流しの洗い桶にまだ洗わずに投げこまれていたから、君江さんが、さっきも召し上ったんですかって聞いたら、そんなことないわよって、けろっとしてたっていうじゃないですか？　それって、いよいよ認知症ですよ」

「あっ！　ほんとだ、アカリちゃんのコーヒー呑んだこと、すっかり忘れてた！」

「ほうら、ほらほら、もっとあたしたちを優遇しないと、今にひどい目に遭わされますよ」

「バカなことばかり言ってないで、早く言いつけたことしなさい」

「何もまだ言いつかってませんよ。メールで呼びつけられて事務所からきたばかりです。顔を見るなり、脱毛の話になったんですよ」

「河野《こうの》さんの入院してる病院を調べるのよ、新潮の桜井《さくらい》さんに、河野さんの係りの編集者の名前訊《き》いて、その人にTELして、病院の名と、河野さんに直接電話かけられるかどうか訊いてみるのよ、わかった？」

「了解！　河野先生も御病気なんですか？」

「どうもそうらしいの、今朝方、久しぶりで河野さんの夢見たから、気になるの、あのお喋《しゃべ》りが何も喋らないで、じいっとうつむいてるの、とにかく、居所探して欲しいの」

「わかりました」

モナが去ったあと、夢の中の河野多恵子《たえこ》のうつむき加減の表情をまた呼び寄せていた。

たてつづけに毎日のように電話が来ることがあるかと思えば、気がついたら二年も全く連絡の来ない時もある。それでもお互い書く仕事はつづけているので、寡作が看板になっている河野多恵子でも、四、五冊しかない文芸雑誌を丹念に見ていれば、どこかに三十枚ほどの短篇小説や、三、四枚の行儀のいい随筆などが見つかり、地味だけれど書く物以上に排他的な自己中心的な表情をした肉の厚い横顔が目に浮ぶのであった。

逢わないかわりに、電話ではよく話す。それもこちらからかけたことはなく、必ず、河野多恵子の方からかかってくる。昔はそれでも、

「わたし……今、大丈夫？」

と同じ仕事のせいで毎月の原稿の締切も同じだから、こちらの都合を聞いてくれたものだが、どうやらもう仕事の片づいたらしい相手に、まだ締切に間に合わないで、

昨夜も徹夜しているなど、厭味な言葉は口が腐っても言えない。ああっと悲鳴をあげたいのを呑みこんで、つとめて明るい声をつくり、

「大丈夫！　何があったの？」

と言ってしまう。

「今月の「新潮」の山田詠美《やまだえいみ》の『学問』て題の小説いいよ。少女のはじめてのオナニー書いたもの、私がいつか書くつもりでいたのよ、詠美にやられちゃった！」

大阪人の多恵子の口調はゆっくりして大阪なまりが強く、何々しちゃった、など言ってもその口調がねっとりと重く似合わない。彼女を知る人々は誰もが、河野多恵子を、極端に無口な女だと思いこんでいる。よくつれだっている私を人並以上のお喋りと信じこんでいて、およそ反対の陰と陽なのに、仲のいいのが不思議だなど、面と向って言う人さえいる。

大方の人は河野多恵子を人見知りの強い非社交的な人柄だと信じているようだが、長い彼女とのつきあいの中で、私は彼女が決してそうした性格ではなく、人一倍好奇心の強い、ユーモアも解する人だと理解していた。

人は私を格別社交的で、人好きの性質《たち》だと思いこんでいるようだが、河野多恵子を誤解するのと同じくらい、真実の私自身を勝手に誤解しているのだった。私は一度友

情を結んだら、人が呆れるくらい長くつきあえる。男との仲はどうも全うしきれなくて、無惨な別れ方を繰返してきたけれど、女との友情は、女学校時代や女子大の頃から今もつづいている人が数人はいる。その倍くらいはいたのだけれど、私が望外に長生きしてしまったため、多くは波にさらわれるように次々死んでしまった。

河野多恵子とは、その人たちに比べたら少しは短い歳月の仲となるが、それでも六十四年もの長い歳月の友情を保っている。

いよいよ小説を書くことに専念する覚悟を決めて、放浪中の京都から私が上京したのが昭和二十六年（一九五一）だった。河野多恵子が同じ目的で大阪の生家から上京してきたのがその翌年だったという。二人が出逢ったのは、丹羽《にわ》文雄《ふみお》氏が主宰されていた同人雑誌「文学者」の集りの席だった。「文学者」は普通の同人雑誌とちがって、経費のすべては当時文壇の大御所とみなされていた流行作家の丹羽文雄氏が出資されていた。おかげで同人たちは同人費が無料であった。私は当代一の人気作家の丹羽氏は収入が莫大で税金対策に出資されているのだろうくらいに想像していたが、河野多恵子は、そういう私の感想を聞くなり白い顔にたちまち酒に酔ったように血を上らせ、

「とんでもない」

と怒った口調になった。

「最初は、中心の先生以外の早稲田《わせだ》出身の流行作家たちも出していたのよ。でもそのうち、出すのが惜しくなって気持ちよく出さない人も出てきて、お金を集金する係りの人たちが苦労したらしいのよ。そういうことを感知なすった先生が、『そんなのややこしいからやめてしまえ、僕が全額出すよ』とおっしゃって、おかげで今のようにつづいているのよ」

急に雄弁になった多恵子の口調に圧倒されて、黙って聞いていると、まだ怒りの興奮がさめないらしく、彼女は言葉をつづけた。

「最初は六十四ページぐらいの雑誌から始めて、その後、百ページぐらいになって、しかも月刊ですよ。一年間にかかる費用が、丹羽先生の新聞連載一本分だと聞いたことがある。昭和二十五年から始まって、昭和四十九年まで、通巻二百五十六号。ほぼ四半世紀よ」

よどみなく話す、突然の多恵子の雄弁ぶりにあっけにとられていると、彼女の演説はまだつづいている。これが無口な人とは！

「先生のお宅は女中さん三人、爺やさん、ベンツのお抱え運転手。ゴルフの小金井《こがねい》カントリー倶楽部の会費。鴨川《かもがわ》にお母様の隠居所をつくって、そこでも女中さんを雇っておられる。お嬢さんが結婚して旦那様がアメリカ転勤になると、赤ちゃんが生れたからそこにも女中さんをつけてあげる、毎月そちらに五十万円の送金。奥さまのおべべも買わなきゃいけない。たいへんな収入がおありだったとしても出費もたいへん。それなのに「文学者」を月刊で出しつづけて下さる。お金はお出しになっても口はお出しにならないとおっしゃって」

いつの間にか多恵子の顔から血の気はひき、両眼に涙があふれ落ちんばかりにたまっている。自分の言葉に改めて丹羽氏に対する感謝と感動が湧き上ってきたのだろう。

私が「文学者」に入れてもらったのは、女子大の一級上の尊敬する秀才で美人の西《に》本敦江《もとあつえ》さんが、卒業後、結婚したのが福田《ふくだ》恆存《つねあり》氏だったからだ。敦江夫人との友情に甘えて、最初の原稿、童話めいた短篇を恆存氏に見てもらったら、「これ一つでは、才能があるのかないのかわからない。本気なら、やはり同人雑誌に入って叩いてもらえ」と教えられ、「三田文学」と「文学者」の存在を教えられた。当時「三田文学」には、中国文学者の奥野《おくの》信太郎《しんたろう》氏がおられた。私の北京時代、夫が輔仁《ほじん》大学に勤めていた時、日本から来任され、夫との間に、もめ事があり、夜なかに他の教授数人と酔ってわが家に押しかけてこられ、夫にけんかをふっかけられた。話の様子では大学での夫の態度に気にいらない所があるらしい。だまって聞いていたが、次第にみんなが興奮してくる有様なので、たまりかねて、私が出て行き、

「夫に何の落度があったか知らないが、けんかは大学でして下さい。ここは小さくても私たち家族三人の住家です。赤ん坊も寝ています。どうか今夜のところはお引き取り下さい。夫はつれて行って下さって結構です」

と、まくしたてた。彼等はしゅんとして、口々に私にあやまり、引きあげてくれた。夫と子供の家を飛び出した私の現在を見て、奥野さんが、あの北京の夜の私と気づくかどうかはわからないが、テレビなどに度々出られている奥野さんに今更お目にかかる勇気もなかった。

それで私は全く縁故のない「文学者」を選び、丹羽文雄氏あて、「文学者」にいれて下さいという手紙をだした。

私が東京で先ず《ま》訪れたのは、女学校時代の親友富美子《ふみこ》さんの嫁いでいた三鷹《みたか》の新婚の家だった。富美子さんは親切に私を一晩泊めてくれた翌日、てきぱきと私の下宿を探してきて、そこへ私を引き移らせた。三鷹の南口の一筋の道をどんづまりまで行き、旧い街道を右にまがった三軒めの雑貨屋の離れだった。下田《しもだ》シュンという初老の女主人が店を守っていた。離れといっても母屋つづきの八畳で、ふちのない裸畳のせ

たが、むやみに広く見える一間だった。丹羽家が三鷹の北口を線路沿いに西に歩いたすぐの所にあることを、その時知った。返事は驚くほど早く来て、はがきに、毎月曜日が面会日だから、いつでも来てよいとあった。後になってわかったことだが、その達筆のはがきは、「文学者」の編集をしながら、丹羽氏の秘書のような立場にいる中《なか》村八朗《むらはちろう》さんの書かれたものと知った。

はがきを受取った次の週の月曜日を待ちかねて丹羽邸に行った。三鷹の駅の北口から線路沿いの道を百メートルも歩くと、道の右側に丹羽家がどっしりと坐っていた。開けっぱなしの玄関の広い土間一杯に靴がびっしり並んでいた。それをまたぐように玄関に上ると、左右に部屋があり、右の広い部屋が応接間らしく、中には人々がびっしり居並んでいる。入口から正面の奥の席に、写真で見た丹羽さんが和服姿で、ゆったりと坐っていた。その左右に椅子が入口まで並び、背広姿の人々が居並び、入りきれない人々は床にじかに坐っていた。入ってお辞儀をしただけで、一番入口に近い末席にようやく膝を折って坐れた私に、誰も視線をとめず話のつづきをしている。たまたまその頃アルベール・カミュの「異邦人」が翻訳されて評判になっていた。

丹羽さんが堂々とした躰に似合わないおだやかな声で、

「カミュは読んだか」

と言われた。即坐に椅子の人たちが、いっせいに、

「はいっ、読みました」

と答えた。

「どうじゃ、どんと、きたか」

「はいっ、どんと、きました」

まるで禅問答のような空気に、私はおかしくなって、下を向いて笑いをこらえた。私も京都を発つ前、「異邦人」は読んでいたので、試験の第一次に通ったような安堵《あんど》を得た。

河野多惠子は、丹羽さんを尊敬する余り、丹羽邸に乗りこむ勇気がなかったという。

その頃の「文学者」は毎月十五日が合評会で、はじめは銀座《ぎんざ》のリッツでしていたが、程なく東中野《ひがしなかの》のモナミで開かれるようになった。リッツの頃から私は河野多惠子の存在を認めていたが、親しくなったのはモナミに移ってからだった。いつからとはなしに、二人は隣どうしの席に並ぶようになった。

多い時は、百人も集ったと河野多惠子は記憶していた。百人いても女は五、六人だったとも河野多惠子は言った。その頃から彼女はすでに小説家の眼を具《そな》えていて、何

でも心眼に映ったものは、すべて正確に記憶の襞《ひだ》に畳みこんでいた。好き嫌いが激しく、嫌いなものや人に対しては、驚くほど冷淡だった。

十五日会で逢うだけでなく、いつの間にか彼女が私の下宿へ遊びに来るようになった。

ふちのない畳を坊主畳《ぼうず》と呼ぶのを私は彼女から教わった。

シュンさんは私の所に客が訪れるのを喜んで歓迎してくれ、店で売っている駄菓子《だがし》などをさしいれてくれる。店の隅には煙草《たばこ》も売っていた。煙草の好きな多恵子が、まとめ買いをするのでシュンさんの機嫌がよかった。若い時、夫はイタリア大使館に運転手として勤めていて、自分は掃除をしたり、台所を手伝い、イタリア人のコックに、スパゲッティ料理や、ピザの作り方を教えてもらったなどと話してくれたりする。その話のひとつに河野多恵子が膝を乗りだすようにして聞いたものがある。

「このつい先に禅林寺《ぜんりんじ》があるでしょう。あそこは太宰《だざい》さんと奥さんの墓があるんだよ、ほら梅雨の時、玉川上水《たまがわじょうすい》で女と心中した小説家だよ。その太宰さんの弟子だとかいう大男がね、お墓参りに来たといってうちによって煙草を買ってね、これはお墓に供える分といって自分用の他に三箱くらい買ってくれてね、機嫌よく、寺へ行ったの、その大男がね、その後ですぐ、太宰さんの墓の前で自殺してしまったんだよ。田《た》中英光《なかひでみつ》といったかね、やっぱり小説家だって」

　河野多恵子はそんな話を聞く時、美味しい好物を食べる時のような幸福そうないい顔になった。

　ある日は、頭が痛いと眉尻にピンクの頭痛膏《こう》を張ったシュンさんが、

「今日は主人の命日でね。うちの人もあの玉川上水に車ごと落ちて死んじまったんだよ、いいえ、自殺じゃない、その年は雨の止まない長い梅雨でね、二日、行方不明で帰らないから、探してたら、川のずっと下流に車ごと浮いていた……あの川は魔の川だよ、遺書？　そんなものあるわけねえだろ、本人、死ぬつもりなんかなかったんだもの、うちの幸子《さちこ》が三つの時で、あたしも幸子を抱いてあの川に身を投げようかと何度思ったものか」

　シュンさんのさし入れのスパゲッティを美味しそうに食べながら、河野多恵子はつぶやいた。

「新派悲劇ね、小説にはならない」

　その頃だったか、河野多恵子が突然訪ねてきた。いつになく深刻な暗い表情をしている。

「大阪の親から、いつまでもこの状態で、本物になるめどがないなら、もう月々の仕

送りは打ちきる。小説はあきらめて帰ってきてはどうかって、言ってきた」

　その頃、ようやく私も彼女も小説が「文学者」にのせて貰えたばかりだった。はじめて読んだ彼女の小説は昔の衣裳くらべの話の焼き直しで旧《ふる》臭くがっかりした。ただし文章が硬質で安心出来るものだった。私の「痛い靴」は、夫と別れた女の日常を書いたものだが、三島由紀夫《みしまゆきお》に送ったら、

「あなたの手紙はあんなにも面白いのに、小説は何と旧臭く、つまらないのでしょう」

　と、やっつけられてしまった。

　河野多恵子があんまりしょげているので、私は胸を叩き、

「まかしといて！」

　と言い、大阪の多恵子の家に、ひとり乗りこんで行った。多恵子の書いた地図を頼りに御両親の住む二階屋にたどりついた。上品なおだやかな表情の御両親が迎えてくれた。私はせいぜい上等の服を着て、買ったばかりのハンドバッグを持ち、恰好をつけて乗りこんだのだった。まるでもう売れている作家のようなふりをして、おとなしい両親の前に正座すると、

「どうか多恵子さんへの月々の仕送りを、もう少し、つづけてあげて下さい。多恵子

さんは天性文学の才能にお名前通りたくさん恵まれていらっしゃいます。『文学者』の御大の丹羽文雄先生も、とても期待されていらっしゃいますよ。私は多恵子さんを天才だと信じています。もう少し、ほんとにもう少し援助してあげて下さい。私が誓って申しあげます。多恵子さんは近い将来、必ず芥川賞を受賞され、女性の作家では筆頭になり、日本ばかりでなく外国でもじゃんじゃん読まれる小説家になります。私を信じて下さい。私は嘘は決して申しません」

よう、そんなでたらめが言えるよと、心の隅では我ながらあきれながら、私はものに憑《つ》かれたように熱弁をふるっていた。御両親の目に涙が浮んできた。私もつられて両眼が涙で霞《かす》んできた。

「もったいないことです。そこまであなたさまが言って下さるならもう少し、仕送りをつづけてやりましょう。こちらは、小説の世界など全く縁のない家系でございまして、はい、うちは代々椎茸《しいたけ》問屋としてやってまいりました。それも戦争で、道頓堀《どうとんぼり》の先祖から受けついだ店と本宅を焼かれてしまい、隠居所に建てておいたこの家だけが残りまして、こんな不便なところに引っこんで何の役にも立たぬ隠居暮しをしております。商いはあれの兄がどうにか受けついでやってくれておりますので、嫁に行こうともしない多恵子には、つくづく手古《てこ》ずっておりました。わざわざ貴重なお時間をさきお運び頂いて誠に恐れいります。ほんまにまあ、もったいない……」

その家を辞すると、私は大阪のどこにも寄らず、列車に飛び乗って帰京した。

その後、多恵子の御両親からは月々きちんと、仕送りがつづいてきた。多恵子は私が大阪の御両親の家で弁じたてたことを復誦してみせると、生きた海老《えび》のように、体じゅうをはねかえらせて笑い転げた。二人とも、私の出まかせの弁が実現するなどその時、信じていたわけではなかった。しかし、怖ろしいほど私の言葉は後年、すべて現実となってあらわれたのである。

河野多恵子は一九六三年、芥川賞を「蟹《かに》」という小説で見事かち取った。その報を私は旅先の北海道で知った。私は思わず、その場で飛び上って、両手で天を突いていた。自分の小説がその時直木賞の候補になり、落ちたことなど、全く気にならなかった。私は直木賞ではなく芥川賞が欲しかったのだ。しかしそれを河野多恵子が取ったことで口惜しいという気持が全くおこらないのが不思議であった。

いつの間にか、「文学者」の編集部の仕事をしていた小田仁二郎《おだじんじろう》と不倫の恋に落ちていた。彼には妻子があり、彼の妻は夫の文学的才能を信じて疑わず、ミシンを踏んで内職に励み、全く収入のない夫と、二人の仲に生れた女の子の為に稼ぎつづけていた。一冊だけ出した彼の本は、前衛的だと評価され、一部では認められていたが、その後は運の神に見放されていた。ところが河野多恵子がその頃から書きはじめた、これまでの日本文学にはなかった異常性愛やマゾヒズムを主題とする前衛的な作品に何の異和感も感じない私は、小田仁二郎の風変りな文体にも、奇矯《ききょう》な作風にも、すんなりついてゆけるのだった。それはまた従来の日本の文学のかもしだす、古風なかび臭い自然主義的主題や文体について行けなくなっていたことでもあった。小田仁二郎との秘密の関係も河野多恵子には隠そうとはしなかった。それを告白されても多恵子は、

「そうだろうと思っていた」

と低い声で言い、まるい顎《あご》をちょっと胸に引きよせるだけで、何の意見ものべなかった。

仁二郎が通ってくるようになってからは、露骨に態度を変えてきたシュンさんの手前、居辛くなって、私はそれ以来、住いを目まぐるしく移しはじめた。河野多恵子はいつの間にか占いに凝《こ》りだし、筮竹《ぜいちく》を鳴らしたり、トランプのカードを扱ったりして占いをはじめ、次第にそれに溺《おぼ》れこんでゆき、原稿が書き上っても、占った佳日でないと編集者に渡さなくなった。そのうち係りの編集者まで、生年月日をそれとなく聞きだし、多恵子流に占って、合性が悪いと占いが出た時は、何だかだと理由をこじつ

けて、係りの変更を編集長にしてもらったりするようになった。目まぐるしくなった私の引越も、その度、行先を聞きだし占いの結果をつげてくれる。そこが好いということはめったになく、たいてい何かの難癖がつけられ、違う方向へ行けと言う。私は面倒臭いので、そのうち黙って引越し、新居に落ちついてから報告することにした。私と彼女の合性は、六白金星《ろつぱくきんせい》と二黒土星《じこくどせい》で、最高の合性だと言いだした。言われてみれば、はじめて逢って以来、互いに不快に感じたことが一度もないので、彼女の占いも満更ではないのかもと考えるようになった。ふと気がつくと、私はいつの間にか、恋人にも告げたくないような心の秘密まで、多恵子にはすべて告げ知らせているのに気がついた。そうしてつくづく振り返ると、私の方は、彼女の複雑な性癖のひとつも理解していないことに気づいた。ある日、私はさり気なく訊いた。

「あなたの小説に出てくる、女の子嫌いは現実のあなたの性癖？　男の子なら、頭のてっぺんから手足の先までいとしいということなど」

河野多恵子は私の突然の質問にぎくっと肩をすくめて見せたが、すぐ笑顔をとり戻して、

「あ、とうとう気づいてくれた。そういうことなの、小さな女の子は気持悪い！　男の子がシャツを脱ごうとして手足をもぐもぐさせている時など、可愛くて思わずハグ

したくなる」

「結婚しないのもそのため？」

「まあね、でも性交が不可能というのじゃないのよ。でも世の中には、その趣味の人種が結構いるものなの。ただなかなかうまくめぐり合わないけど……それに合性もね」

大真面目な表情でそれを言う彼女に、私はついに声をあげて笑ってしまった。

私とこの世でめぐり合うまでの彼女の男関係が知りたいと思いはじめたが、それを訊いてどうすると、自分の好奇心を笑い捨てた。

「結婚した方が、小説を書きつづけるには独りでいるより便利かも、この間、父がぽっくり死んだのよ、母もそう長くはないと思う。

まだつづいている仕送りも、これ以上ねだれないしね、改めてお願いするわ。結婚の相手探してよ、本気よ、条件は何もないの、ただ、多忙なサラリーマンがいい。家にずっといないから、できれば一ヵ月のうち十日か半月出張する人が理想。小説など読まない人、文学青年はお断り」

「そんな都合のいい人あるものですか」

と笑い捨てていたが、たまたま、女学校の四年生に編入してきた上野《うえの》京子《きょうこ》が、結婚して東京に住むようになって、訪ねてきた時、話しているうちに、彼女の甥に外国通いの船乗りがいて、そろそろ身を固めたがっているという。

「何しろ、一年のうち半年以上も船の上だから、お嫁さんが可哀相で、世話できないのよ」

と、何気なく話した。思わず、多恵子の顔が浮んできて、話して見ると、人の好い京子はすぐ話に乗ってきて、今度、船を下りた時、とにかく見合だけでもさせたいと話が進んだ。

多恵子は、船乗りで一年の半分以上、波の上だというだけで大乗気になり、写真の美男ぶりにも心惹《ひ》かれたのか、よろしくと両手をついてしおらしいお辞儀さえした。

私の案で、いつでも中途半端な長さの髪に、もじゃもじゃとパーマをあて縮らせている多恵子の髪をパーマでまっ直ぐにのばし、首のあたりで内巻きにまとめてもらった。年より老けて見えた多恵子に、思いがけない若さが戻り、美容師に化粧してもらうと、予想以上に個性的で若々しい多恵子に生れ変った。

当日、いつ用意したのか真白のスーツを着て、朱色のシャツをのぞかせた別人のような多恵子が出現した。

私と京子が張りきる以上に多恵子は珍しく高い笑い声などあげ、この見合に興味を示していた。

京子が船乗りの甥をつれて待ち合せの料亭へ来た時、多恵子は笑いをひっこめた真剣な硬い表情になり男を迎え優雅なお辞儀をした。

京子と私はすぐ引きあげ、見合の首尾に息をつめるような気持で待ち構えていた。

その夜、男に送られて私の家に帰ってきた多恵子は上機嫌だった。

あの男なら結婚してもいいという。

なかなか相手の返事が来なかったと思ったら、京子がしょげた表情でやってきた。

私一人に逢いたいという。それだけで見合が不首尾に終ったことを察したが、私は京子の言葉をうながした。

「ごめんなさいね、とても理智的なすてきな女性だけど、彼が照れて、煙草を口にくわえた瞬間、多恵子さんがバネじかけの人形のように飛び上って、素速くライターの火をつけてくれたのだって。まるで、どこかのバーにホステスと坐っているような気がしたって」

案外、男馴れた人ではないかというのが断りの理由だった。

「多恵子さんには断る理由を、私が知らなかっただけで実はホモだったとあやまってくれないかしら」

多恵子は私がほんとの話をして、京子の考えた造り話もざっくばらんに伝えると、声をたてて笑いだした。

「傑作ね。ほんとに彼がホモだったら、私の望むところなのに」

そういって笑いつづけた末、彼女が異常な性向の持主だという秘密をはじめて私にちらっと打ちあけた。

「人間って不思議な動物よね、尽きない興味があるわ。私が小説を書くのは、奥深い人間の秘密をすっかり覗いてみたいからなの。由之《よしゆき》さん（見合の相手）が、ほんとにそういう傾向の人なら、私の人間探究の材料として、お誂《あつら》えむきだったのにねえ」

そういう多恵子の顔は、今まで見たこともないような艶《つや》っぽい表情に彩られていた。

新婚

河野多恵子は、私の友人の甥との見合が不首尾に終った後、私に結婚の話を一切言わなくなったので、私はすっかりそんな話を彼女は忘れてしまったものと思っていた。

ところがそれから大方一年も経った時、突然、結婚しようと思う男が見つかったと言う。

例の見合以来、およそ結婚話などきっぱりとしなくなっていた多恵子が、退屈そうな表情も変えず、

「画家なのよ。今は無名の卵だけれど、その人の絵を二、三枚、画壇のある大家に見てもらったの、ちょっと、つてがあったから。私独りで画家のところに行ったのよ。画家は、彼の絵を見て、『まあ、先物買いですな』と言った」

「どういう意味？」

「将来、花が開く才能ということだと解釈したの」

「ふうん……」

私は、八百屋の店先で、淡々とまだ熟れきっていないトマトを選んでいる多恵子の表情を想像した。あの見合事件以来、およそ結婚の話などおくびにも出さなかった多恵子の胸の中に、ずっとその願望が燃えつづけていたことが、私には驚きであった。

誰の目にも親友と映るようになっている私たちの親しい仲でも、過去の恋愛関係については、唯の一度も話したことはなかった。無口で重厚な文学少女あがりと人に思われている多恵子は、着る物などはしっかりした個人仕立の上質の布製品を身につけていたが、色も型も地味なので、目立つことはなく、小説の中でも自分らしき女はいつでも可愛気のないぶすっとした表情の女のように書いていて、事実、自分をそう思っているようであった。色の白いことも、目鼻立ちが舞台顔で、造作の大柄なこともマイナスに数えている風だったが、人の前に出る時は、丁寧に化粧して、ファンデーションも濃く、口紅はどきっとするほど紅く塗られていたりした。口や筆に表わすほど自分を醜女《しこめ》とは思っていないようだった。

親しくなってから、私は過去から現在までの情事のすべてを上手にかまをかけられては、隅から隅まで喋ってしまっていたが、多恵子は決して口車に乗るような軽卒なことはなく一切語らなかった。

「話すほどのことはなかった」

重い口調でそう言われると、それ以上訊く気にもならなかった。

ある時、それまでまるでつきあったこともない女性と話しあうことになった。六〇年代の学生運動家の名残りだと自称する人で、小さな出版社で女性解放運動の歴史を連載しているとかいうことだった。

化粧気のないてきぱきした口調で、一通り自分の質問が終った時、

「河野多恵子さんとお親しいんですって？」

と訊いてきた。

「そうね、女の作家の中では一番古くからのつきあいだから話が合って」

「人選びの強い人ですから、河野さんにとっては珍しい友情ですね、昔の河野さん御存じですか？」

と首をかしげる。

「昔のことは何も知らないのよ。別に隠されてると思わないけど、現在の話が多いので、つい昔のことは後廻しになって、でも、無口なようで、不思議な取材力があって、私の方はすっかり喋らされてしまったけど……」

「それじゃ河野さんの大恋愛も御存じない？」

「ええっ？　大恋愛？　興味津津《しんしん》、教えて。みんなの識《し》ってること？」

「まあ、私たち左がかった仲間の間では、たいてい」

「へえ、河野さんが左がかってたって？」

「私たちがわいわいデモなんかやってた頃、彼女は私たちの憧れのリーダーの恋人だったんですよ、いつでもデモの先頭に彼と並んで歩いてた」

「へえーっ、ショック！」

私は心から驚いてしまった。そんな多恵子の姿が私には想像も出来なかった。政府のだらしなさを時たま嚙んで吐きだすように口にすることはあっても、口にすることもけがらわしいという風で、そんな話題は一瞬で切ってしまい、今月の文芸雑誌の誰彼の小説の感想や批評に移ってしまう。

私は多恵子にその話をたしかめたくてむずむずしているのに、電話もかけず、そのうち多恵子がのんびり立ち寄った時も、ついにその話を持ち出さなかった。機嫌がいいのか、不機嫌なのかわからない、いつもの無表情で、でんと収っている河野多恵子の顔を見ていると、聞いたばかりのロマンス場面と、彼女が何の関係もないと思われて、私は先日の左の女に、からかわれたのかもしれないと思ってしまうのだった。

左の彼女の話では、二人は目黒のどこかに同棲していたという。目黒には「文学者」の編集部があったが、多惠子からは、そんな過去のロマンスなどちらとも聞かされたことがない。小説以外に彼女の心が波立つようなことは、オペラの話以外になかった。それも私が一向にその方面の趣味がないと見てとったのか、二、三度熱っぽく話しかけたが、私の反応の薄さを見てとり、すぐやめてしまった。

一人前の作家になったら、ヨーロッパへ旅をして、ローマやパリで生のオペラを聴きたいというのが多惠子の切実な夢だった。

それにしても多惠子の恋は悲恋に終ったのだろうか、その頃から文学への熱望は芽生えていたのだろうか。同棲していた男は、文学青年だったのだろうか？　よし、真正面からはっきり訊いてみよう。そう決心した時、多惠子の方から結婚の候補者がいると絵描きの卵の話を切り出されたのだった。

先物買いと言われた画家と、多惠子はあれよあれよという間に一軒家に愛の巣を営んだ。早稲田大学に近い二階建の家で、若い二人には分不相応なような広い家だった。お祝いを届けに行くと、台所にいた多惠子が「はあい」と大きな声をだして手を拭きながら出迎えてくれた。二階が夫の市川泰《いちかわやすし》氏のアトリエで、階下が多惠子の書斎と、二人の生活の場だという。道に面したガラス戸の前のカーテンが、金巾《かなきん》の洗いざらしの白い布なのが新婚らしくない。

「カーテンを更《か》えるともっとよくなる」

とつぶやくと、

「まあ徐々にね」

と、珍しく歯並びのいい白い歯を見せて、多恵子は声のない笑い方をした。

二階から下りてきた市川さんは、若々しくきびきびして笑顔のすがすがしい好男子だった。背はさほど高くはないが、引きしまった躰つきをしていた。

「いつでも遊びに来て下さい。富士の見える凄い部屋におられるんだそうですね」

多恵子より、ずっと愛想がよい。

「たまたま、引越したい時に、その部屋しか空いてなかったんです。たしかに富士がよく見えるんだけど、富士見料がついています」

市川さんが明るくさばさばしているので、すっかり気が楽になり、私は多恵子に訊いてみた。

「もちろん、易は見たんでしょう？　合性はよかった？」

多恵子が笑顔になり、

「最高！」

と答えた。合性のいい証拠に、二人が同棲して半年もたたないうちに、芥川賞が多恵子に舞いこんでいる。

市川さんは本職の絵は売れないので硝子《ガラス》絵を描いているという。廃物になった硝子に油絵具でアブストラクトな絵を描いたものが不思議な童画的美しさで魅力があり、私はその場で三枚ほど買った。

「下駄箱の上や、台所の流しの上などに、忘れ物のようにさりげなく置くと、案外シックですよ」

どんな額に入れようかと案じていた私の思案は、市川さんのその一言で吹き飛ばされてしまった。この愛想のいい明るい男と、無口で無愛想な多恵子の結びつきが面白く、この先物買いは当ったようだと、私まで明るい気分になっていた。

芥川賞の受賞が決ると、市川さんは多恵子の髪をばさっと剪《き》ってしまい一挙に前髪を下したおかっぱにしてしまった。急に十も若く見えてきた多恵子に、このヘアスタイル以外のものは絶対ないと思われた。あの見合の時の私の苦心した内巻きなど比べものにならないくらい似合っていた。

おかっぱになり若返った多恵子と並んでも市川さんの若々しさはひけをとらず、むしろ一層若返って見えた。誰が見ても多恵子の方が年上に見えたが、市川さんの方がひとつ年長だった。

　市川さんは絵を描く才能の他に、不動産に不思議な縁と力を持っていた。それも才能と呼びたい程、目ざましい結果を表すのだった。二人の不確な収入にしてはどう見ても荷が勝ちすぎていると見える堂々とした二階屋から新婚生活を始めたと思うと、あっという間に皇居と同じ区のひどく新しい見上げるような高級マンションに移ってしまった。富士見代を取られる私のいるマンションなぞ、足許にも及ばない豪華な建物で、そこへ入ることさえ、気の弱い人間は足のすくみそうな新築の鮮やかさだった。私ははじめて訪ねていった時、間違ったかと、多恵子の書いてくれた略地図と住所をつくづくと見直していた。

　入口の受付でもう一度確めると、口髭《くちひげ》が自慢らしい門番が、硝子戸の向うで、うやうやしくうなずき、

「七階でいらっしゃいます。エレベーターを降りられたら、すぐ前のお部屋でございます。市川さまと河野さまとお二人の表札と申しましても小さな金属の横札ですが……」

　と、声だけが外貌に似合わない野太い男が、キップ売場のような四角いガラス窓の戸の向うから説明する。

「何なら、御案内致しましょうか」

と腰を浮かしかけるのをさえぎって、何の装飾もない、どこかの駅のプラットホームのような感じのホールからエレベーターに乗りこんだ。七階で降りると、説明通りに目の前に殺風景なドアがあり、二人の表札が並んでいた。

ベルを押すなり、多惠子がドアを開けてくれた。たたきも格別広くもなく、真前の部屋に通された。そこが多惠子の部屋らしく、右の壁際一杯の書棚の前に仕事机と椅子があり、左の壁際に使い古された長椅子と小さな低いテーブルがあった。私を長椅子に坐らせ、仕事机の前の椅子をくるりと廻して多惠子が応待の姿勢をとった。編集者が来てもそうして迎えるのだろうと想像できた。

「凄いマンションね」

「市川の友だちに不動産に委《くわ》しい人がいるのよ、それで家には困らないの、あ、そうそう、あなたたちの家も、間もなく見つかりそうだって」

練馬《ねりま》の大根畠《だいこんばたけ》の中の建売住宅から始った私と因縁の切れない若い男との同棲生活は、八年つづいた小田仁二郎との縁を無理矢理切ったあげく始ったのだった。夫の許を飛びだす原因になった若い男との縁が切れないのは、年上の私が若い無垢《むく》だった男の前途を誤まらせてしまったという後ろめたさから逃れられないせいだった。涼太《りょうた》という男を私は多惠子には早くから会わせていた。文学少年だった名残りの強い涼太は、多惠子の数少い小説を丁寧に読み、いつでも感動をかくさず、

「残る作品だね、河野さんはやっぱり天才だ」

と、私に遠慮もなくほめていた。私の廻りでは姉も叔母も小説好きで、河野多惠子の愛読者だった。

「涼太が河野さんを天才だって言うのよ」

と告げた私の言葉以来、二人とも彼女の話をする時は、天才さんと呼んでいた。それを私から告げられた多惠子は別に悪びれる顔もせず、珍らしく低い笑い声をあげ、

「あなたの周囲の人って、みんな一風変ってるのね」

と言った。嬉しさをかくしきれない照れた彼女の表情を、私ははじめて美しいと感じた。

その誰よりも早く河野多惠子の才能を認めていたのは、「文学者」の編集委員でもあった小田仁二郎だった。

「あれは作品が残る……」

残るという仁二郎の言葉は、後世まで読まれるということだった。

「わたしは?」

「全然、たちがちがう。お多恵は誰が認めなくても、自分の才能を信じきっている。あんたは、全く自分の才能を見きわめていない。比べる相手のいない才能があるのが自分では一向に解っていない」

「それって……阿呆ってこと?」

「まあ……」

「そうだな」という言葉は、こみあげてきた笑いにむせて消え、仁二郎は薄い自分の胸を叩《たた》きながら尚もむせ返っていた。

そんな話も私は多恵子にはすぐ話していた。さすがに自分に関しての部分は取り除いてはいたけれど。

三人で食事をすることもあった。酒の好きな仁二郎はひとりで呑みつづけ、女二人はひたすら食べた。私はもう呑める口になっていたが、ちょこ一杯でも酒に目のない男に呑ませてやりたく、ほとんど盃《さかずき》に手をださなかった。

「結婚なんかしなくていいのに、結婚なんかしたら女は書けないぞ」

酔うと、ようやくことばが人並に多くなる仁二郎が多恵子に言いつのっても、多恵子はにやにや笑うだけで聞き流していた。

そんな過去の場面を不意にありありと思いだしながら、私は豪華マンションの奥の部屋まで案内されていた。書斎のつづきに同じ位の広さの小部屋が二つ続き、その奥に、二十畳ばかりの大広間があった。三方のガラス戸の外に、下の大通りと、ソ連大使館の屋根が見えていた。天井の真中には裸電球が下っていた。シャンデリアでも下げる場所だろう。

「お祝にここの電気の笠贈ろうかな」

「彼の好みがうるさいから……」

金巾のカーテンをついに更えなかった癖に……私は苦笑しながらその案を引っこめた。

その部屋を市川さんのアトリエにするのだという。まだ絵の道具も何も入っていなかった。寝室は二つの小部屋のどれかだろう。

すでに市川さんも認めているが多恵子の料理はなかなかの腕前だった。関西日本料理が主な献立だが、酒のあてなども気がきいていて、酒呑の市川さんを喜ばせている筈だった。手際も手慣れてすっきりしていた。私は彼女の下宿に泊った時、二度ほど手料理を御馳走になって、小説より上手なんじゃない？　と感嘆して怒られたことがある。

そんなある日、久しぶりで日の暮れ方、多恵子の電話が入った。電話は、はじめ

「わたし……」と咽喉につまったような声で言ったきり、後がつづかない。よく聞くと、電話口で多恵子は身をよじって笑っているらしく「くえっ、くえっ」と咽喉につまったような声が洩《も》れるばかりだった。

「何よ、どうしたの、泣いてるの？　笑ってるの？」

「……笑って……る……の」

という、泣き笑いしながら告げることばがつづかない。

たまたまその日は、月の二十日すぎで、文芸雑誌の締切のぎりぎりの日時に当っていた。何が何でも今夜じゅうには全文入れなければ予定の頁《ページ》が白紙になる。

「今日という今日は、夕飯の支度が全く厭《いや》だったのよ。徹夜してもあと八枚書けるかどうか。それでも料理をやめるわけにいかないでしょ。今までずっと続けてきたんだから。うわの空で一応品数もやっとそろえたまではよかったんだけれど、最後に沖縄から貰ったばかりのからすみを、厚く切って出し、わたしは失礼して仕事場にこもったの。ペンを執ったとたん、あの人の大声がひびいてきた。おいっ、これ酢じゃないか！　酒じゃねえぞ！　って」

私も聞くなり電話の中に吹き出してしまった。

「怒った？」

「……………」

「その後よ、何気ない調子で市川さんが言ったの。多恵は、文学より、音楽の方に進めばよかったんじゃないかって」

「あ、その話、あの人から聞いてる」

「この間ね、借りた本返しに行ったら、市川さんひとりいて、ちょっと上れと言ってくれて、コーヒー御馳走になったのよ」

「惚れてる？　あの人が？」

「大丈夫、そんなすっとん狂なあなたに、市川さん惚《ほ》れてるんだから」

「そう言ってやるだけで、あの人の機嫌が七分通り直るわ」

「まさか、そんなもの市川さん食べるわけないでしょ。外へつれだして、美味しいもの食べさせるくらいよ」

「えっ？　私の代りに、うちの台所してくれるつもり？」

「困ったわね、あなたが締切のときは私も締切だしね」

「そんなお金あるもんですか、ここの頭金で大金を銀行で借金してるし」

「今度から、この時だけ、外食して貰うのね」

「怒るより、呆れかえって……」

「小説を書いてる時は、声もかけられないほど全身を緊張させていて、何だか可哀相な感じがするけれど、オペラのレコードを聴いている時の、和らいだうっとりした幸福そのものの、我を忘れきった表情を見たら、ほんとに可愛らしくて幸福そうで、見ているこちらまで幸福な甘い気分に誘いこまれるんですよ、あの表情を見たら、どんなことでも許したくなる」

そういう市川さんの表情そのものが、愛にあふれた人間の一番やさしい甘い表情で、

「ああ、この人は、ほんとに多恵子さんに惚れきってるのだなあって、思った。あの表情忘れられない」

珍らしく河野多恵子は電話の中で、しんと黙りこみ、感動を呑みこんでいる様子だった。

市川さんには生れ故郷に母親ひとりが住んでいたが、クリスチャンのもの静かな姑《しゅうとめ》は、嫁に優しく、小説家として名の出た女が、一人息子の嫁になってくれたことを誇りにしていたという。

「誇りにしてくれているのよ」

と私に告げた時の多恵子のはにかんだなかから嬉しさのあふれだしてきた表情も忘

れられない。

いつまでも蜜月のつづいているような二人が、突然別れて暮すと言いだしたのは、二人が一緒に暮しはじめて何年めだったのだろうか。

珍しく思いつめたような昏《くら》い表情で訪ねてきた多恵子が、

「アメリカへ行くというのよ、市川が」

と言って、私を愕かせた。日本でこれ以上絵を描いても金にはならないし、自分の絵の技術に刺戟《しげき》になる何もない。ニューヨークにアトリエを持って納得する絵を描けるようにすると言いだしたとか。

「言いだしたら最後、人の意見など受けつけない人だから……」

「そんな……別々に暮して、あなたは大丈夫なの？」

「わからない、でも一緒にニューヨークに行くことも無理でしょう。私の仕事は何もかも東京中心だから」

別れて暮すと、結局二人の仲はお終《しま》いになるだろうという自分の本音はとても口に出来ないので、私も多恵子以上の仏頂面《ぶっちょうづら》になってしまった。

「別れて暮しては絶対だめよ。好きどうしは絶対、一緒に暮さなきゃあ」

そこまで言ってはっとなった。つい忘れてしまっていたが、二人の夫婦生活は並の夫婦の性生活ではなかったのだ。いつから多恵子が自分の性的趣味に気づいたのか訊いたこともなかったが、生れつきというわけでもないだろう。幾歳の時、どういう刺戟からそうなったのか、どの情人から感化されたのか、相当際どい話になっても、私たちは目の前の極く親しい友人と、その特別の性戯のあれこれを話題にすることには気が進まなかった。彼女の小説の中では、想像をうながされることもあったが、どの小説の、どの場面の時も、多恵子の文章は一字の無駄もゆるぎもない清澄さで、主人公たちがどんな姿勢をとろうと、文章は直立か正座の立派なものであった。

多恵子は自作の小説の中で、幼い時も、女学生の時も、自分の顔をブスッとした顔付だと書いている。所謂《いわゆる》、子供らしいあるいは少女らしい可愛らしさや賢しこらしさに無縁の表情をしていると自覚していて、自分から友人を作ろうとか遊び仲間に入れて貰おうとかしたことがなかったと書いている。しかし私の見たかぎりの市川さんとの間には、ほのぼのとした温いものが流れあっていた。

二人がアメリカと日本に別れて暮すなど、無謀そのものだと思った。

「アメリカの市川さんの収入はどうするの」

「例の不動産会社の建てたホテルやマンションが多くて、その部屋には一枚か二枚の絵が必要でしょう。それを描かせてくれるらしい」

「ふうん」

「その傍ら、もっと自分の絵の勉強をしたいらしいのよ」

「ふうん」

何を聞いても私はそう言うしかなかった。

いつの間にか河野多恵子の夫としてしか人に記憶されなくなっているのが厭なのだろう。

「別れたくなければ、あなたもニューヨークへ行くことね、小説はあっちだって書けるでしょ、かえって刺戟があって、これまでにない新鮮なものが生れるかもしれない」

「そう思う？　そういう感想が聞きたかったの。別れて暮して、彼を引きつけておく自信なんかない、そうだ、やっぱり行く、アメリカへ」

マンションはそのまま借りておいて多恵子はたちまち男の跡を追った。

六十歳になった記念に、英会話を勉強しはじめたと聞いたことがある。つづけていたとすれば、ニューヨークでも日常の会話には困らないのではないだろうか。

さすがに多恵子の長電話はぴったり来なくなった。一方的な長電話にさんざん悩まされていた癖に、ピタッとそれが止まってしまうと、思いがけない物足りなさと淋しさに襲われるのに愕《おどろ》いていた。

「アメリカの小説なんか一切書かない」と言っていたが、小説やエッセイは今まで通り書きつづけていて、文芸雑誌のどれかに殆んど毎月載っているので、河野多恵子が夫を追って日本脱出をしたなど誰も気がつかないでいた。五つか、六つ引き受けている懸賞小説の選者の仕事は一つも降りず、その選考日には必ずニューヨークから東京に駈けつけていた。ただし、超慌ただしい日程なので、京都に住む私とは殆んど会うこともなく、電話も他の人との交流が忙しいらしくめったにかかって来なかった。歳月は確実に流れ、多恵子のアメリカ生活は十四年もの長さになっていた。

七十歳から書き始めた私の現代語訳源氏物語が出来上った時、私はアメリカの大学に招かれ宣伝もかねた講演に出かけた。会場の一番後ろの席に河野夫妻の姿をみとめた。自分の姿は忘れ、すっかり小さくなった感じのする二人に向け、私は源氏物語の中の女たちの出家の話をしていた。その時、私が五十一歳で出家を決心した時、誰よりも早く河野多恵子に話したことを想い出した。呆れたように口を半開きにしたまま、何の感想ものべなかったその時の彼女の表情を思い出していた。それだけでなく、中尊寺《ちゅうそんじ》での得度《とくど》式に河野多恵子は出席してくれなかった。祝電もなかった。帰京しても葉書ひとつ来なかった。最も親しい人たちだけが、はるばる東北の中尊寺へ集

ってきてくれた。その人たちが口々に、

「あら、河野さん、どうしたの？」

「なぜ来ないの？」

とひそひそ話していた。彼女たちが欠席を不思議がるほど、私と多恵子の親密さは、人々の中に承認されていたのだった。

出家する前、そのことを打ちあけた数少い人の中に河野多恵子は女友達の第一番に入っていた。

私の決心を聞き終った後、多恵子は血の気の引いた顔で呻《うめ》くようにつぶやいた。

「考え抜いたことだろうし、言いだしたら聞かない人だし、これからどうなるのか私にはさっぱりわからない。出家して果して書けるかしら」

私の顔から目をそらし、

「男たちは、止めなかったの」

「誰も止めない、ほっとしたんじゃない？」

笑うと思った多恵子は笑わなかった。

頭を丸め、僧衣姿になった私が、ようやく京都へ帰った時、思いがけないことが留守に起っていた。私の出家の挨拶状を御覧になって、すぐ私のマンションに駈けつけて下さった円地文子《えんちふみこ》さんは、泣いて私の出家を止めようとされた。

「私があなたのお母さんだったら、しばりつけても中尊寺へ行かせません。坊主になって小説が書けますか？　あなたは小説家ですよ、私の後のすべての役を私はあなたに譲るつもりだったのですよ、今からでも遅くない。出家なんかお止めなさい」

円地さんは眼鏡の下から涙をこぼして下さっていた。私はことばもなくひたすらうつむいて泣いていた。

円地さんは長らく女流文学者会の会長をされていた。平林《ひらばやし》たい子さん、佐多稲子《さたいねこ》さんたちの所謂《いわゆる》女流作家の大御所たちが始めたその会は毎月集りがあったが、次第に若い人は集らなくなっていた。高価な着物に身をつつみ、宝石を指に光らせた大作家たちは、集った席で、着物の話や、歌舞伎の話に興じる。それがつまらないと若い作家の中から起った声は無視された。

「まだ文壇は男性優位の社会です、私たちが小説を書き始めた頃は、夫は二階の陽当りのいい部屋の大きな机で書かせ、妻は台所のおひつの上で書きました。今だって男尊女卑の習慣はなくなっていません。まだまだ女の作家たちが力を合わせて立場を良くしなければ……」

というのが、戦前から書きつづけてきた作家たちの強い意見だった。若い人たちの出席が目に見えて少くなっている現状を認めようとはしなかった。私は個人的に親しくなっていた円地さんに度々話しかけ、女流という言葉がすでに旧いと訴えた。今や私たちは女流作家として税金を収めてはいない。みんな「作家」である。

「もし、先生が会長を降りられるとして、美々しい花道を作れば、考え直して下さいますか？」

「たとえばどんな花道？」

「今いる会員の作品で女流文学者全集を作るのです」

「まあ、それはいい案ね、でもそんなこと出来ると思う？　今、とても出版界は不景気なのよ、そんな全集、誰が買う？」

「買いたくなるような、買わずにいられないような全集を作るのです。私たちの世代の者が集ってその案をもう作っています」

私は会員の一人一人に意見をきいて集めた作品のデーターを示した。円地さんはその華やかさと魅力に愕かれてその全集を出そうと、乗気になられた。私は近づいてくる出家の日をかくしつづけ、すでに話に乗ってくれていた毎日新聞に日参して出版の約束を取りつけようとした。次第に面会してもらう人の位が上り、ついに社長までこぎつけた。社長の許可がたちまち下りた。毎日新聞社に日参する時、私は河野多恵子を無理矢理同道させた。

「この努力、あなたがしっかり証明してね、その為、悪いけど毎日来てもらったのよ。証人よ。この全集は売れなくても作った意味は後世に残る。私はこの仕事を置土産に、黙って出家します」

河野多惠子は、憮然《ぶぜん》とした表情で、うなずきはせず、じっと宙を仰いでいた。

円地さんは私のひとりで駈け廻った努力を全く知らず、認めなかった。私のことをこんな大きな仕事を中途半端で投げ出して、自分の忠告もきかず、役にも立たない出家をしてしまった、と悪口雑言《あっこうぞうごん》の限りをつくし、

「もうあの人は破門だ」

と誰彼に言い張ったという。

私はそんな時の為に、河野多惠子を証人として連れだし毎日新聞社へ日参して、社長との対決まで同座してもらったのにと、一言の弁明も私のためにしてくれなかったらしい彼女の態度に呆れてしまった。そして円地さんは、私にさせたいと言っていた自分の後の会長の役を河野多惠子に約束したという。

私はその後、比叡山で厳しい行に打ちこんだが、その間に着々と出版の仕事は進み、女流文学者全集は次々出版されたのであった。

それでも私は、河野多恵子を腹の底から嫌いにはなれなかった。

ニューヨークで久々に逢った時、私の方から走り寄って、しっかりと抱きついていた。

ライバル

河野多恵子がニューヨークに暮している間、私は源氏物語の現代語訳に熱中していたので、歳月の経つ実感がなかった。後に多恵子に訊くと、彼女がニューヨークに行ってから十四年の歳月がすぎていたという。そんな長い間、遠く離れて暮した実感がないのは、彼女はアメリカから原稿を送っては、文芸誌に時々その作品が載っていたからだった。始終かかってきていた長電話はないにしても、ニューヨークで市川さんと仲好く暮していると思いやると、自分の心まで、のどかになっていた。

アラスカから帰国した大庭《おおば》みな子が、突如彗星のような現われ方をして衆目の的になってしまった。「三匹の蟹」という作品は芥川賞を取り、批評家はこぞって絶讃した。新鋭の批評家はかつてない女流作家の天才現るとまで持ちあげあがめた。彼女の出現によって、それまでの女流作家は、作家とも呼べないようにおとしめられてしまった。次々に出る大庭みな子の本の帯には「ポルノグラフィーの絶品」という文字が躍っていた。それを目にした時、私は、他の女流作家の誰よりも強烈なショックを受けた。かつて私の「花芯」が否定された時は、ポルノグラフィーと評され、それは忌《いまわ》しい意味に使われていた。「恥しい」ポルノグラフィーであり、エロを売り物にした「卑しい」ポルノグラフィーと、攻め道具に使われた言葉だった。

わずかな時間が流れただけで、活字の上でのエロスの受取り方を、読者の感覚が変えていた。私の「花芯」に投げつけられたエロを売り物にしているというエロチックと、大庭さんの作品にみなぎっているエロスとは全く別物のように扱われていた。

大庭さんは津田塾《つだじゅく》大学を出て、多くの崇拝者として寄ってくる男の中から大庭利雄《としお》氏を選び結婚している。利雄さんの側からいえば友人の妹の学友として、はじめてみな子さんに出逢ったらしい。数人の若い女たちの中で、みな子さんを直観的に選んだ利雄さんの感覚は正しかったのだろう。

みな子さんは新人賞を取るまでに、行李《こうり》に何梱《こり》もの原稿がたまっていたそうだ。それまでにも雑誌社の新人賞にいくつか出していたが、どれも取りあげられなかったという。講談社の「群像」が新人賞を募集しているのをみて、利雄さんの赴任先のアラスカから「三匹の蟹」の原稿を送ったのが賞にひっかかったらしい。利雄さんのみな子さん歿後の書「最後の桜　妻・大庭みな子との日々」によれば、この小説が認められずくず籠に捨てられていたのを、この作品を熱愛していた「群像」の若い編集者の橋中雄二《はしなかゆうじ》さんが、くず籠の中のみな子さんの原稿をひっぱり出して選者に読ませ、受賞に導びいたものだったと伝えている。

橋中さんがいなかったら、この傑作はこれまでのみな子さんの投稿作品のように見捨てられていただろう。こんなちょっとしたことが作品の、または作家の運命の幸、不幸を決めてしまう。この作品が一せいに好評に包まれた時、平野謙《ひらのけん》さんが、「わけのわからぬやつが出てきやがって」ともらしたそうだ。それでも圧倒的好評の波が強くて、平野さんの厭な独り言などかき消してしまったのだろう。私の「花芯」の不幸な運命と比べたら、大庭みな子さんは、ずいぶん幸福な出発をしたものだと思う。

私は半分口惜しさを喉元までふくらませながら、はじめて大庭みな子の小説を読みはじめた。一行めからすらすらと頭に入って、あっという間に「三匹の蟹」を読み通してしまった。気持のいい詩を読んだような快感に全身が満たされていた。「三匹の蟹」とは人妻の主人公が、遊園地で出逢った桃色のシャツを着た労働者ふうの男と親しくなり、その場で二人で入ってゆく海辺の宿の、看板の名であった。それがきっかけで私は大庭みな子の小説を目につく限り愛読するようになった。河野多恵子の小説は、読後、「りっぱだな」という感想があるが、大庭みな子の小説は、読んでいる最中から胸が熱くなり幸福感がみちてくる。どの作品も詩情があふれていて読後、美味しい御馳走を食べた後のような満足感が、腹ではなく胸を満たすのだった。

私はすっかり大庭みな子の熱烈なファンになっていた。彼女の作品は、どんな短いものでも、どこかで思わず笑わされる箇所があった。

御主人の大庭利雄さんがアラスカのシトカ市にある「アラスカパルプ」に勤め、そこで有力な立場になっていくので、その夫人としてのみな子さんの立場も重々しくなり、フラストレーションが溜っていく。そこで一女を産んでからも小説を書いたり、大学に行き直して絵を描いたり、結構好きなように暮していた。

利雄さんは会社で重役になる立場を捨て、みな子さんのフラストレーションの限界を見ぬいて会社を自分からやめ、日本に引きあげてきた。

もとロシア領のアラスカで十年余りも過した大庭一家は、日本に帰って以来は、みな子さん中心の家庭になっていた。重役になる立場をふり捨てて帰国した時から、利雄さんは日本では、みな子さんを作家として大成させるため、自分は陰に廻ろうと決めていたという。愛する者の奴隷になりきれるのが、愛の究極だというのが利雄さんの考えのようだった。

アラスカから引きあげてきて目黒のマンションで暮している頃、突然みな子さんが寂庵へひょっこり訪ねてくれた。どこか京都へ用があって来たついでだといってまるで旧い友だちのように気軽に玄関に立っている。あわてふためいて私は上ってもらいもてなした。

編集者も誰もつれていなくて、一人だった。ずっと前からの友だちのように馴れ馴れしい。けろりとして気取りがなく実にさっぱりしている。私が目下大庭文学に熱中していると告げると、編集者の誰彼からその噂を聞いていると、にこにこした。そのうち話がノーベル賞を受賞したエサキ・レオナさんの話になった。あっと、私は気がついた。レオナさんがまだ賞をとらない若い頃、私の女子大の友人がレオナさんのお母さんにダンスを習っていて、若い娘たちが旧い京都の町屋の二階で、年よりずっと若く見える美しいレオナさんの母堂のダンス教室に通っていた。時たま颯爽《さっそう》とした目の覚めるようなハンサムのレオナさんがちらりと顔を覗かすことがある。娘たちはキャーッと声を出して興奮する。私の大学の友人Hも、そこから近い高校の英語の先生をしながら熱心にダンスに通っていて、レオナさんに憧れていた。逢えばレオナさんの話になるので、私も専ら話を聞くことになっていた。そのうち、レオナさんがノーベル賞を受賞したので、ダンス教室はいっそう湧き立った。私はHが、もはや京都のレオナさんではなく、日本のレオナさんになったから、手も出ないと気を落すのをなぐさめるしかなかった。それでも彼女は二度ほど音楽会に誘われたことを生涯の勲章にすると言ってあきらめていた。

それから一年以上がすぎていた。婦人公論で対談の仕事が終り、ひかえ室でひとりお茶を呑んでいる所へ、いきなりレオナさんが入ってきた。

私は茶碗をひっくり返すほどびっくりして立ち上った。

「瀬戸内さんですね。Hさんからよく話聞いています。あなたの小説も辻潤《つじじゅん》のこと書いたの少し読んでいますよ」

レオナさんは私の前の席に悠々と坐ると、愛嬌のある笑顔で声を少しひそめて言った。

「大庭みな子さん、どうですか？　ぼく少しおつきあいがあるんですけど、小説家としてどうなんでしょう」

「すばらしい才能の方ですよ、今や日本一の人気作家です。私はまだそれほどおつきあいないけれど、小説は出る度読んでいます」

「ああ、そうなの。つきあうと、話がめっぽう面白いし、いきいきして魅力があってすばらしい人ですよ」

「そうでしょうね」

「Hさんまだ結婚してませんか、元気ですか」

「ええ、相変らず高校の先生してます。ダンスはもうやめたようですけど……秋には結婚するようです」

「それはおめでたい！　お逢いになったらよろしく言って下さい。……それから大庭さんにも、ぼくと逢って大庭さんのこと話したと伝えて下さい」

それだけ言うと、さわやかな笑顔を見せてレオナさんはさっさと去って行った。

若い編集者がどこにかくれていたのか、二人弾丸のように飛びこんできた。

「すてきですね！　スマートですね！　先生の仲よし？」

「ちがいますよ。私のお友だちが一方的に憧れてただけ。それよか大庭さんがお親しいみたい、大庭さんによろしくって」

「ひえーっ、対談お願いしようかしら大庭先生と！」

寂庵の庭を歩きたいというので、私は大庭さんと一緒に庭に降りた。

「まあ、雑草苑で自然の森みたいね、いいわこんな庭」

「庭師高いから、有名な庭師の弟子の学生さんに頼んでるからですよ。自然の森みたいに、もっとどしどし木を増やしたいんです」

「あらっ！　こんなに沙羅《さら》の花が咲いて、こんなにたくさん散ってる！」

「苔《こけ》がよくつくから散ったらきれいです」

「レオナさんにお逢いになったんですって」

身をかがめて落ちた白い花をつまみあげながらみな子さんが言った。

「ええ、婦人公論で……大庭さんにお逢いしたらレオナさんに逢ったと、よろしく言ってほしいと頼まれました」

「しばらくおつきあいしたけど……頭がよくってそりゃあ話は面白いけど……あたしは……あわない」

「大庭さんは、どういう男の人があうんですか？」

「奴隷になりきれる男よ」

「ど、れ、い？」

「そう……うちの利雄は理想的なの。あたしたち、何もかくさない、なんでもみんな話しあうのよ」

「今でもですか？」

「ええ、今でも、結婚前は三人の男とつきあっていたんだけど、みんな利雄に話したわ」

「大庭利雄さんの方も？」

「ええ、でも、あの人はめんどくさがりだから、あたしひとりでせい一杯よ」

「つきあったって、セックスも……」

「ええ、そんなことはかくさないの。少しは嫉《や》くみたいだけれど、けろっとしてる」

機嫌よく喋って帰っていった。

「あなたと私は、好きになる男が同じね」

帰りぎわにそう言い意味あり気に笑った意味が私にはわからなかった。

十一年も大庭利雄夫人としての役目をシトカでつとめてきたみな子さんは、自分から重役になる立場を捨てて妻を日本につれ帰り、これからは妻の奴隷となろうと決心した利雄さんの決心と真情を信じていた。

私がみな子さんに招かれて、目黒のマンションの大庭家を訪れたのは、それから間もなかった。3LDKか、4LDKかしれないが、玄関を入ってすぐ左に六畳くらいの部屋があり、そこにはベッドのように大きな電気マッサージ機が横たわり、小さな机の上には硯《すずり》と筆立があった。壁にはアブストラクトの女の裸体のような絵がかかっていた。みな子さんがアメリカの大学で美術科に入って絵の勉強をした時の制作だという。絵もうまいが字もうまくて、原稿は和紙の原稿用紙に墨で書くと、編集者から聞いたことがあった。玄関から、まっ直通った廊下の右側には二部屋くらい並んでいて、廊下のつき当りは広い大広間があり、その左壁ぎわがキッチンになっていた。大広間は畳じきで、壁ぎわに三味線が二棹《さお》かかっていた。

「ああ、三味線もひかれるのね」

私がとん狂な声をあげると、みな子さんはけろりとした表情で、

「日本舞踊も習ってるけど、仕事が忙しくて休んでばかり」

「利雄さんの御趣味？」

「ええ、まあ。アラスカではしょっちゅう日本からお偉いさんが見えて、その度、日本人妻たちが、おもてなしするのよ。料理の時もあれば、三味線ひいたり、日本舞踊を見せたり……」

「大変なんですね」

話してる間にキッチンからこの家の主の利雄さんがお茶を入れた茶碗とお菓子の皿を運んでくれる。みな子さんが私たちを紹介してくれると、

「瀬戸内さんはたしかお呑みになるのよね」

と言って、利雄さんに目まぜをすると、利雄さんは魔法のようにブランデイの瓶とグラスを運んでくれる。パリ産らしいチーズも新しい皿に小ぎれいに盛ってだしてく

れる。恐れいって私が堅くなっていると、

「いつも、こうなの。彼は好きでこうしてくれるのよ。瀬戸内さんは、お手伝いの外に秘書さんはいるの？　利雄は台所もしてくれるけれど、私の仕事の秘書をそれは適確にやってくれるのよ。とても便利よ。瀬戸内さんも、こういう男を見つけなさい。女の子より、ずっと安心だし、便利ですよ」

おだやかな表情を変えない大庭氏の前で、私はどんな顔をしていいかわからずおろおろしていた。

「こちらに帰ってらしてお仕事は？」

「完全に私の奴隷ですよ、他の仕事なんか出来ないわ」

アイロンの当った白いワイシャツに仕立のいいズボンをきりっとつけたスタイルのいい利雄さんは、おっとりとした表情のまま、

「果物は何がいい？」

とみな子さんに訊いている。利雄さんのすべての動作が自然で、さり気ないので、堅くなっていた私も、ついお酒のせいもあり、のんびりしてしまい、利雄さんのゆき届いたサービスをいつの間にか平然と受けているのだった。

その頃は河野多恵子は日本にいたし、夫の市川さんもまだアメリカに出かけてはい

なかった。話が作家の誰彼のことに及ぶと、みな子さんは酔の廻った口調で声が大きくなり、片っ端からそれ等の作品を酷評した。時々、利雄さんの方に顔をつきだすようにして、

「ねえ、そうでしょ？」

とうながす。利雄さんはうすら笑いをして、そうだともそうでないとも答えない。

「河野さんと仲がおよろしいんですって？」

みな子さんの話題がさり気なく河野多恵子の上に落ちてきた。

「『文学者』からずっと一緒ですから」

「あの方、小説家より、評論家になればおよろしいのにね。谷崎《たにざき》さんの評論『谷崎文学と肯定の欲望』、とてもよかったじゃないですか」

私は河野多恵子が夫の市川さんに締切の時、酒とまちがえて酢を呑ませた話をした。利雄さんが声をたてて笑った。

外へ食事に誘われたがそれは断って帰った。

自《みず》から妻の奴隷になることを志願する男が、現実にいることを目の当《ま》りにした私のショックは、大きかった。その奉仕を泰然《たいぜん》と受けている大庭みな子の凄さに、彼女の小説以上に、私は圧倒されていた。

毎月、文芸雑誌のどれかに大庭みな子の作品の載らない月がないような感じで歳月が過ぎ、気がついた時は、大方の文学賞はほとんどとりこんでいて、大庭みな子は現日本の文壇では河野多恵子と肩を並べて他を圧する存在になっていた。

芥川賞の選者に初めて女性作家として、河野、大庭二人が揃って選ばれて話題になったことも、日本の文学史に残る事件であった。それ以来、当然のように芥川賞も直木賞も、選者の中に女性作家が入り、男性選者と肩を並べて堂々と意見を吐いている。

私の年代より以前の、平林たい子、佐多《さた》稲子《いねこ》、円地文子たち先輩女性作家たちが、

「作家仲間だって、まだまだ男の時代で、男女平等なんかじゃありませんよ。たとえば同じ要求を私たち女の作家が出版社に出したとしたら、谷崎さん、川端《かわばた》さんたちなら、すぐきかれることが、私たち女では、絶対ききいれられない、そんなものですよ」

と口を揃えて言っていた。台所のおひつの上で原稿を書いたというあの世代の人たちが、今の女性作家たちの元気潑剌《はつらつ》とした活躍ぶりを見たら、どんな顔をされるだろう。

少くとも私たちの時代から文学の歴史を動かしたんだから。――そう思うと、突

然、胸がせまり、涙がこみあげてきた。その思いがけなさにびっくりしてあわてる自分がおかしくなり、誰も見ていないことを好都合にしばらく涙の出るにまかせている。

とうとうボケてきたかと、背中がうそ寒くなる。死ぬことは怖くない。いつでもおいでとむしろ待ちかまえている。ただ満九十四歳になってただ一つ不安で怖いことは、呆《ぼ》けることだけだった。認知症という現代語にどうしてもなじめない。どうして「老い呆け」といって悪いのだろう。呆《ほ》うけるという日本語は品がよくて奥ゆかしいのに。そういえば有吉佐和子《ありよしさわこ》さんは、ずいぶん早くから人間の老い呆けの小説を書いて「恍惚《こうこつ》の人」という作品をベストセラーにしたものだ。

「恍惚の人」というしゃれた言葉を、日本じゅうの流行語にしてしまった。森繁久彌《もりしげひさや》と高峰秀子《たかみねひでこ》主演の映画にもなった。何年くらい「恍惚」という言葉が老い呆けの代名詞としてつづいただろうか。流行語の文字通り早い命に納得しながら、それを作った有吉佐和子という華やかだった作家の短い生涯を思いださずにはいられなかった。何の世界にもライバルがあるように、当時、というのは敗戦後間もない世の中で、何もかもが、新しく生れ変ろうとうごめいていた時代に、いち早く、文学の世界では、戦後派という言葉がはやり、新しい作家が次々と生れはじめていた。女の作家の中でも新しい気流はいち早く動きだし、これまでになく若く新鮮な作家が書きはじめていた。中でもいち早く目だったのは曽野綾子《そのあやこ》、有吉佐和子の二人で、二人は同じ「新思潮」という同人雑誌に籍をおきながら、目覚ましく活躍しはじめた。二人とも若く、まだ二十代前半の上、人並以上の美人なので、女の小説家は不器量という戦前の相場を破って、世人の目を愕かせていた。二人とも教養があり、裕福な家庭に育ったお嬢さんであった。

曽野綾子の方が少し早く「遠来の客たち」という作品で名を顕《あら》わしたが、程なく有吉佐和子が「地唄」でその後を追って出た。たちまち二人の新鮮な新人にマスコミは興奮し、戦後に現れた「才女」という名をつけはやしたてた。「才女時代」という言葉が飛び交い、どの分野でも才女が続出した。華やかな登場だったが二人とも芥川賞、直木賞は受けていない。世間は無責任に面白がって、二人の才女がライバルとして仲が悪いように話を作っていたが、二人とほぼ同量くらいの友情つきあいのあった私の目から見れば、お互いに自分の才能に自信のあった二人の才女は、相手の文才や世間的人気など気にもとめていなかったようだった。

有吉さんは私と同じ東京女子大の卒業生なので、その分親愛感はあり、つきあいもあったが、深い友情を結ぶまでには至らなかった。

まさか五十三歳という若さで亡くなるとは予想もしていなかったが、最晩年は、アメリカの近くの島を買いとり有吉王国を造り、そこの女王になるなどとんでもない夢想を口にするようになっていたので、有吉さんが秘書をつとめたことのある吾妻徳穂《あづまとくほ》さんと共に、ひそかに案じあったこともあった。思いがけない急死は、かえって有吉さんの名を保つ上では受けねばならない運命だったかもと、話しあったことだった。

結婚した神彰《じんあきら》氏との間に生れた玉青《たまお》さんが、実に好ましい孝行な才女に育っていて、現在ものを書いている。この人を見ていると、有吉さんのどの評判のいい名作よりもすばらしい出来のお嬢さんで、この人を残しただけでも有吉さんは幸福だったと思われる。

河野多惠子、大庭みな子のライバル関係をたどろうとしながら、思わぬ脱線をしてしまったが、九十四歳ともなれば、頭脳より体力の衰えが顕著になり、九十四歳にして漸く老衰現象を否定出来なくなってきた私は、果してこの長篇連載が書ききれるだろうかと、突如不安になってきた。

「いのち」に何を書きたかったのか、書こうとしたのか、私の余命が果してこの連載小説を完了させることが出来るのか？　生れて初めて、いや、物書きを仕事として初めて、こんな不安が頭より体の芯をつっ走った。

ペンを握ったまま、乱雑極める書斎の机の上にうつ伏して息絶えている。そういう私の切実な憧れの死に様《ざま》も、夢ではないような予感が頭をよぎっていく。

さて、話を本道にもどそう。

河野多恵子は私と逢う度、と言うより、電話で話す度、大庭みな子の活字になったものの読後感を熱心に私に告げたがった。特に小説は必ず読んでいて、たいていの時は、私が感じたことと同じ感想を告げてくる。私がみな子の小説を好きなのを知っていて、まず私の感想を聞きだしてから自分の感想を言う。二人の意見が共鳴しあうのは、人より濃厚なエロチシズムのあふれる描写のところである。

「何しろ公認のポルノグラフィーなのだから」

私がしつこく根に持つマスコミの評にこだわっているのを承知の上で、多恵子はみな子のエロチックな描写を持ちあげる。

そのついでのようにそれが言いたかった本音といわんばかりにつけ加えるのだった。

「わたしがこんなにあの人のことを認めていて、蔭でこんなにほめていることなんか、あの人は全く想像できないのよ、自分本位の人だから……」

「わたしから、そう話そうか？」

「そんなことしてほしくない。わたしはいつだって、蔭であの人をかばって、あなた以外の人には、当り障りのないほめ方しているのに、あの人は、私に聞えないと思って、露骨にわたしの悪口云いちらかしてるのよ」

「そんなことないと思う。手放しであなたの小説ほめたのは聞いたことないけど、他の誰よりも強敵と思ってるみたい。と、言うことは、それだけ河野多恵子の才能を認めているということでしょう」

「ま、いいわ、どっちみち、私たちはライバルとしては相手に不足はないと認めあってるけど好きにはなれない縁なのね」

「その二人が、わたしにはいつでも気を許してお互いの本音を喋ってしまうのはどうして？」

「あなたはおっちょこちょいでそそっかしいけれど、公平さを認めているからよ」

私は無遠慮にけたけた笑いながら言う。

「つまり、二人ともわたしのことを同じ土俵にはあげられない小者《こもの》と思ってるからだ」

「そんなことない！　それはひがみよ。わたしも彼女も、寂聴さんには一目も二目もおいてますよ」

「それは嘘だ！」ということばは腹の奥にしまったまま、私は他の話にそらす。

「ところで知ってる？　丹羽さんが、どこかで、『文学者』を長年つづけたが、河野多惠子一人を世に出しただけで悔はないっておっしゃったそうよ」

「まさか！」

「それで旧くからいた文学者の連中は、先生、あんまりだって、かんかんに怒ってるって！」

「そりゃあ、そんなこと言われたら怒るでしょうよ、まさかそんな阿呆なことおっしゃる筈がない」

言いながら、多惠子の表情は押えきれない歓喜の表情を目の前の私にかくそうと赤くなったり蒼ざめたりしている。その表情の変化をしっかりと見極めながら、お喋りを自認する私がよくぞこれまで黙って来られたと思うことを、もう待ちきれないと、口にする気になってきた。す速く、私のそんな表情を見てとった多惠子が半分笑いながらつぶやいた。

「まだ、喋ってしまいたいことがありそうね」

私や吉行淳之介《よしゆきじゅんのすけ》さんは井上靖《いのうえやすし》さんと一緒に毎年、室生犀星《むろうさいせい》賞の選者として金沢《かなざわ》へ出かけていた。五木寛之《いつきひろゆき》さんの夫人の父上が金沢市長の時、生れた地方文学賞第一号だったので、その賞のあれこれは、ほとんど五木さんの肩にかかっていた。選者もすべて五木さんの選んだ人々であった。選者の筆頭は井上靖氏だった。一緒に旅をしてみて井上靖さんの酒豪ぶりに驚嘆させられた。大体二晩泊りになる夜は、井上靖さんの酒の相手に選者の誰かが侍ることになる。みんな酒に強い人ばかりだったが、ほとんど朝まで呑み通す井上靖さんにつき合いきれる者はいなかった。

ある晩みんなが早々と逃げだして私ひとりが井上さんにつき合うはめになってしまった。その当時、雑誌「酒」で作った文壇酒徒番附があり、西の横綱が井上靖さんで大関が私だった。一晩にブランデイ二本もひとりで呑みほす横綱に大関の私がつき合いきれるものではない。それでも私は覚悟をきめ、せっせと井上さんのグラスにブランデイをつぎながら、早く酔い倒そうとはかっていた。呑むほどに目の前のうわばみは益々元気になり、饒舌《じょうぜつ》になり、上機嫌になってゆく。素面《しらふ》だと、ほとんど、私などに話しかけないのに、あれこれと親しげに話しかけてくる。そのうち、井上さんが上機嫌の表情をいっそう和らげ、ちょっと声を落してつぶやいた。

「丹羽さんと河野多恵子はそういう仲なんですか？」

聞きまちがいかと思って私はきょとんとしていた。

「いや、なに……、いつでもね、文学賞の選の時、丹羽さんの河野多恵子を推す熱心さが目に余りましてね。わたしは、あ、また始ったと思って聞いてるんですけどね、ああ、いつでも一途に推しちゃ誰だってそう思いますよ」

「あ、いえ、それは全く、誤解です。たしかに丹羽さんは河野さんを御ひいきですけれど、そんな関係はないと思います。私、彼女とは親しいので、何でも話し合う仲ですからわかります。それに丹羽さんは、代々の愛人を見ても有名な美人好みでしょ」

あわてて、私は変なことばで井上靖氏の疑惑を否定するのに躍起になっていた。

金沢から帰っても、私は河野多恵子に、金沢の夜の井上靖氏の酔っぱらい話を告げなかった。ずい分後になって初めて聞いた多恵子はたちまち柳眉をさか立てて、青白んで怒りだした。

「ほらね、だからかねがね私があの人を嫌ってるわけわかったでしょ。そういう下司《げす》な空想しか出来ない人間なのよ。丹羽先生の方が、ずっと精神が高尚ですよ」

私が彼女のためにどれほど熱弁を振ったかということには一言の礼も言わず、彼女は怒りつづけていた。

私の知らない間に河野多恵子は丹羽家の奥座敷にいつでも通される間柄になっていて、丹羽さんだけでなくその家族からも身内のように親しくされていた。私が丹羽さんに対して弟子らしく謙虚でないと、丹羽夫人が心よく思っていないなど、旧い早稲田系の「文学者」の人々から注意されたことがあった。丹羽夫人がそう怒っているというその説に私は呆れはて、悪い癖でその場でどなり返してしまった。

「芸術家に師匠とか弟子とかなどないのが当然じゃないですか。私は『文学者』でお世話になった御恩は忘れたことないけれど、文学上で丹羽さんの弟子と思ってないし、先生だって、私のこと弟子の端くれとも思っていらっしゃらないです。今だって私の名前を先生はしっかり覚えてらっしゃらないくらいですよ。セトクン、あるいはセトグチクンなんて呼ばれるほどです。奥さまが、私が弟子の礼をとらないと怒っていらっしゃるなんて、あなたたちは言ってるそうだけど信じられない。そんなけちなことおっしゃる方じゃありません。私は先生を河野多恵子ほどじゃないけれど尊敬していますし、何より『文学者』の恩義を忘れてはおりません」

と啖呵《たんか》を切ってしまった。もちろん、丹羽さんにも夫人にもその件であやまりになど行きもしなかった。

河野多恵子はその時も、人々の後ろの方に身をすくめていたが、事が終ると、そっと寄ってきて、

「相変らず元気ね……でも盆暮の御挨拶くらいは、奥（夫人）へした方が……」

終りまでいわせず、私は河野多恵子にも喰ってかかった。

「奥さんに聞いてよ。私が、たいしたものじゃないけど、盆暮の挨拶くらいはしたかしなかったか」

と、まくしたてた。

時たま、そうした食いちがいはあっても、私はやっぱり、物書き仲間としては、一番旧い友人だし、文学的才能を誰よりも早く認め、敬愛している友人としての歳月が長かったので、河野多惠子を嫌いにはなれなかった。

河野多惠子と大庭みな子が誰から見てもライバルと見なされながら、表面何事もなくつきあっている中で、二人からなぜか好意的に扱われている私の立場は何なのだろうと、ふっと思うことはあっても、私は私で、私流の生き方で、自分の道を切り開くのに余念がなかったので、そのことにこだわって考えこむようなゆとりはないのであった。

混沌

河野多恵子は外国の文学、特にイギリス文学には興味を持っていたが、日本の古典は一通りしか興味を示さなかった。七十歳から私が源氏物語の現代語訳に取りかかる時、私は河野多恵子に相談もしなければ予定を打ち開けることもしなかった。お互いの仕事の仕方を認めていたし、その成功に期待もしていた。それでも、

「円地さんは大丈夫？」

と、訊いてくれるだけの理解はあった。円地文子さんが川端康成氏が源氏物語の現代語訳を始めたと噂に聞いた時の逆上ぶりを思いだしたのだろう。

「ノーベル賞で甘やかされている川端さんにこんな苦労が出来るものですか、もし、それが出来たら、あたしはすっ裸になって、銀座通りを逆立ちして歩いてやります」

と言って怒った話を私から聞いたことを、河野多恵子は忘れていなかったのだ。谷崎潤一郎《じゅんいちろう》氏についで、源氏物語の現代語訳を完成した円地さんには、自分の仕事に対

して、長い苦労に見合うだけの誇りと執着があった。私は出家前の女流文学者全集の件で怒った円地さんに、すべてを知っている河野多惠子が、私のために一言の弁護も説明もしてくれなかったことに、心底、腹を立てたが、元来忘れっぽい性質《たち》なので、いつかその怒りも忘れてしまって、以前のように心を許してつきあっていた。

円地さんは、いい育ちのお嬢さんそのままのわがままさを、六十すぎても温存していて、芯は大らかでおっとりしていた。河野多惠子はよく病気して入院したり、手術したりすることがあった。そんな時、円地さんは私を呼びつけ、

「河野さんの手術費に使うようはからって下さい」

と、相当の金額を包んだものを、私に手渡したりする。

「ただし、このことは決して他者に洩らさないようにね、そう言って下さい。あなたもですよ、人に喋らないこと」

と命じられる。私も、まだ、突然の見舞金など用意出来る収入ではなかったので、円地さんの思いがけない援助は心から有難かった。病床の病人にそれを届けて、円地さんの伝言を伝えると、病人はちょっと白い顔に血を上らせたが、

「そう……」

と言うだけであった。そしてその件は、病後決して他言《たごん》しなかった。そんな彼女の

気持が私には理解出来なかった。少くとも円地さんのまれな陰徳に感謝したなら、何かの場で、書くなり話すなりして、他者にその恩を伝えていいのではないか、と思うのが私だった。彼女がいつまでも口を閉ざしているので、たまりかねて私が、誰彼に喋りまくっていた。

私に収入の余裕が出来てからは、そんな時、もう円地さんをわずらわせたことはなかった。河野多惠子は、

「いつも……どうも」

といっては、安心した表情になりそれを受取ると、白いきれいな歯を見せて、いい笑顔を私に向けた。ありがとうとは言わず、ため息と共に「おかげさまで」とつぶやく。その度、私はそれより低い声で、

「あの時の、お礼の一部……」

とつぶやくのだった。その度、河野多惠子は私より赫《あか》い顔になり、

「無効よ、もう」

と、言葉を返す。

あの時とは、練馬の大根畠の中の建売住宅で、私の家出の原因となった若い男涼太と同棲していた時、長らく干されていた文芸雑誌の注文が来るようになり、思いの外

好評を得て、注文がつづき、私はようやく憧れていた小説家への戸口に立たされていた。自分も文学青年上りだった男は、私の原稿に一枚ずつ目を通し、誤字や乱暴な文章に赤を入れる。はじめはその共同作業が嬉しかったのに、次第にせまい家の中に場を占める男の存在がうっとうしくなり、ようやく始めた都心の仕事場から律儀に帰ってくる男がうるさくなってきた。あくまで私の自分勝手であり、わがままな意地悪であった。癇《かん》の強い男は、まるで追い出されるように自分の仕事場に近いアパートの一室に越して行った。すると私はあわてて、男の後を追い、彼のせまいアパートの部屋の川向うの大きな新築のマンションに移っていった。自分で追い出しておきながら、私は男に逃げられたような焦燥感にかられていた。

よくある例で若い女が、男に同情し、身を挺《てい》してきた。明らかに自分で蒔《ま》いた種が実を結んだ事実に、私はすっかりうろたえ、逆上し、突然の仕事の攻勢にも耐えきれず、神経を痛めてしまった。富士の見える私の広いマンションの露台から、川向うの道の正面に、男の二階建の粗末なアパートが見下された。男は意地を張り、自分の城を守り、私のマンションに移ろうとはなかなかしなかった。同時に私が彼の二階建の小さなアパートを、自分の部屋のようになれなれしく訪れることを極度に嫌った。友人と始めたテレビやラジオのスタジオの仕事と、その頃全国にゆき渡ってきた有線放送の仕事を始めた男は、いくら資本があっても足りなかった。出してくれと自分からはいわない男に、私は軌道に乗りはじめた仕事を次々と増やし、銀行の通帳も印もすべて男に渡していた。彼の仕事の共同経営者は、働き者の若い女医の妻がいて、二人の間には子供も二人いた。男の話では、彼もスタジオのために、女医の妻の親ゆずりの財産と、月々の妻の収入をつぎこんでいるという。

ある日、出版社に原稿を届けたその足で、私は初めて男のスタジオを訪れた。いきなりの私の出現に男は愕いた表情をかくせなかったが、一瞬に心を決めたらしく、私を共同経営者に引き合わせ、それぞれの立場で働いている社員たちのところを廻って、私を紹介した。作家の××先生という言葉がわざとらしく社員たちもみんな困った顔をして、私を正視しなかった。普段彼等に私のことを「うちのおばはん」と言っていることを、私は誰からともなく聞きこんで知っていた。

ちょっと寄ってみただけという私を、彼はスタジオの隣の小さな喫茶店につれていった。

今日届けてきた原稿の話などしているところへ、大柄な、胸のむちむちした若い女が寄ってきた。私たちのテーブルの横に立つと、私の顔を見ないで軽く頭をさげ、彼の方に顔と体を押しつけるようにして、

「新宿《しんじゅく》のランナさんからお電話がありました。お手すきになったらお電話下さいということでした」

一語一語、小学生が本を読むように、声を張って言い終ると、見る見る不機嫌さをかくそうともしない渋面《しぶつら》になった男が、

「わざわざ告げにくる電話でもない」

ととがった声で言い、早く立ち去れという冷い表情を見せた。女がさっと体を廻して足早に出て行ったあとも、男の渋面はそのままだった。

「あの子、あなたのアパートの部屋によく来る子でしょ」

私は男の顔から目をそらさず言った。

「この間、ワインをもらったから届けに行ったのよ。その時、あんまりお天気がいいのでふとんでも干そうと押入れをあけたら、女の子の読む週刊誌が五、六冊あったわ……それから詩みたいなものを書いた便箋とか……いつまでも待つって」

男の白い頬にけいれんが走った。

「あそこは俺の城だ……勝手に入らないでくれ、どう使おうと俺の勝手だ」

私の出現が気になって、嘘の電話を告げに私たちの様子を見に来ずにいられなかった若い女のあせりの露骨さに、私にはふたりの仲が否応なく察しられていた。

人当りのいい甘い表情の男が、あれほど露骨な怒りを見せたことは、すでに普通の仲である筈がなかった。あの女の態度では、スタジオの中でも、公認の間柄なのだろう。

スタジオからの帰りに、真直マンションには帰らず、私は早稲田の河野多恵子の新居に寄った。市川さんと結婚して住みはじめた二階建の小ざっぱりした家だった。相変らず、金巾のカーテンのままだが、掃除好きの主婦のため、玄関の引き戸の桟も、敷居も、埃《ほこり》ひとつなく磨《みが》かれていた。

私は多恵子の顔を見るなり、わっと子供のように泣きだしてしまった。

八年もつづいた小田仁二郎との関係も、彼と別れて共に暮しだした昔の男、涼太との関係も、河野多恵子はすべて詳細に知っていた。決して自分の過去の情事など他言しない彼女は、不用意に喋ってしまう私の情事のいざこざも、決して他者にもらすようなことはしなかった。そう信じている私の信頼を、彼女は一度も裏切ったことがなかった。私のどの男ともたちまち親しくなり、旧い自分の友人のように馴々《なれなれ》しくなった。私の家出の原因になった涼太とは私より四歳下で彼女と同い年だったので、殊《こと》に気が合う様子に見えた。小説を書きたがっていた涼太は、河野多恵子の小説の愛読者でもあり、私の叔母や姉と同様、彼女を天才だと信じているので、河野多恵子もすっかり気を許していた。

「私と涼太さんは一九二六年大正一五年生れで丙寅《ひのえとら》で、あなたは一九二二年大正一一年、壬戌《みずのえいぬ》だから、戌と寅はとても合性がいいのよ。あなたは六白金星でわたしと涼太さんは二黒土星で、これで見ても合性がいいのよ。何だか惹かれる、好きになるっていうのは、合性がいい星どうしなんだから」

そんな話をする時の河野多恵子は好物のお菓子を貰った子供のように無邪気な顔になる。

「涼太さんにはじめて逢った時、なんだか長い間旅に行っていた肉親が帰ってきたようにに心がふうっとあたたかくなった、同じ星だったからなの、私たち」

たしかに涼太は河野多恵子の小説だけでなく、人柄そのものにも好意を寄せていた。ある時、何かの話のついでのように、ふっと多恵子がつぶやいたことがある。

「涼太さんがね、ひとりごとのように私に洩らしたことがあるの、ぼくは彼女の仕事を夢の中でも考えつづけていて、少しでももっとよく理解しようとしてるけれど、彼女は、ぼくの仕事に全然、興味を示さない……って」

「えっ、それっていつ？」

「いつって覚えていないけど、そう言った時の涼太さんの表情が、どきっとするほど淋しそうだったから覚えている」

「……どうして一度きっぱり別れたのに、またこんなことになったのかなあ」

福岡の中洲《なかす》のバーの女と結婚して、その女の前夫との間に出来た男の子の父親になって、幸せに暮していると風の便りに聞いていたのに、突然、私の前に現われた涼太は、空気の抜けた自転車のタイヤのように貧相になって干からびて惨めになっていた。三年一緒に暮した女は、ある日、突然涼太の留守に荷造りをして東京に送ってしまい、子供をつれて立ち去った。

「一緒に暮してみてわかったんだけど、あなたはほんとに優しい人よ。太郎だって自分の子のように可愛がってくれたし……でも、あなたの優しさって、誰に対してもそうなのね、隣りの猫にも、電線に並んでいる雀にもね……神さまでも、仏さまでもないのに……そんなのって、気持悪いじゃない、いえ、言いすぎてごめんなさい。なんだかそれって落つかないのよ……そんなふうに思う自分が悪人のようで……辛かった、この三年。やっぱり、東京へ出て、何とかやり直してみます。中洲で一緒だった由利《ゆり》ちゃんが来てもいいって云ってくれてるから……ごめんなさい」

女の別れの言葉を、そのまま私に告げる時、涼太はまるで下手な新劇の役者のせりふのような言い方をしていた。その通り、河野多恵子に真似をして告げた時、二人してげらげら笑ったものだった、中洲で評判の美人ホステスだったと涼太が言うのを、私は疑ったことがなかった。

「あの大きなマンションのあの角部屋、練馬の家から、とても方角が悪かったのよ。あなたはいつだって私の占いを信じないから。いつでも引越してしまってから、占いの当った結果を知らせるんだもの」

「でも引越の前の日までに、おもとの鉢を持ってゆけっていうおまじないだけはきちんと守ってる」

二階から、市川さんが降りてきて、私に笑いかけた。多恵子より一歳年上なのに、誰が見ても多恵子の方が、四、五歳年上のように若々しい。爽やかな笑顔をむけて、ちょっと私に会釈すると、多恵子に向って告げた。

「新宿に絵具買いに行ってくる」

「晩御飯には帰ってくる？」

多恵子の声を背に受けて、

「もちろん」

と口の中で言い、出て行った。

幸せそうね、当りだったねこの結婚……でも小説って、こんな絵に描いたような幸福の中から産れてくるものかしら……胸に湧いた言葉を珍しく口にせず、その場で膝を抱いたまま私は子供のようにまたしゃくりあげていた。

夕飯の支度の買物があるからと名目をつけて、私をマンションの入口まで送ってくれた多恵子が云いつづけた。

「一度医者に診てもらった方がいい、たぶん仕事のしすぎで、ノイローゼになってるのよ。うちから帰りぎわに、ハンドバッグ二度、手から落したでしょ、握力がなくなってる。夜眠れないでしょう、たぶん軽いノイローゼよ、それを治したら、今、気にしてることなんかふっ飛んでしまう」

多恵子の親切な忠告を上の空で聞き流しながら――この人どこまで尾《つ》いてくるの、うるさい――など罰当りなことを考えていた。

不眠症がちになったといって涼太が買っていた薬をブランデイといっしょに一粒残さず飲んでしまったのは、それから一ヵ月と経っていなかった。気がついた時、多恵子夫妻がベッドの横から覗きこんでいた。部屋の隅にいた手伝いのさち子が、わっと泣きだした。故郷から姉が心配して練馬に移る前から送り届けてくれた少女だった。

「さっちゃんが心配して、電話くれたからよかったのよ」

まだ私の容態を気づかいながら、言葉を選んで話してくれる多恵子の説明では、私の異常に気づいたさち子が、電話で泣きながら多恵子に助けを需《もと》めたから、多恵子のかかりつけの町医者をつれて駈けつけてくれたということだった。

大きな胃の洗浄機を門衛の目につかぬよう運び入れるのに一番心をつかったなど、多恵子がわざと面白そうに冗談めかして話してくれることから、ようやく自分の仕出かした事態が呑みこめてきて、恥しさで身がすくんだ。私の目が落着かず部屋をさまようのを見て、多恵子が言った。

「あの人は、有線放送の仕事で、地方に出張中なの、だから連絡してない」

「御迷惑かけてすみません。ほんとに阿呆ね、いい年して」

市川さんと二人が、黙って返事をしないので、私はうわ言のように言葉をつづけた。

「命の恩人ね、肝《きも》に銘《めい》じて御恩にきます」

照れてふざけた口調で言うつもりなのに、涙がこみあげてきた。

日が経って聞かされると、医者の洗浄が半時間遅れていたら命の保証は出来なかったのだとか。その時も私は、

「おお、桑原《くわばら》、桑原」

など、ふざけた声をあげながら、

「命の恩人さまには、生涯頭が上らなくなった」

など暢気《のんき》にかまえていた。

さち子は怖がって、暇をとって故郷へ帰ってしまった。さち子もまた命の恩人だと引きとめたかったが、黙って送り帰した。

姉がまた故郷から、中学を出たばかりのころころ肥った少女を送り届けてくれた。


それから何ヵ月も経たない頃、河野多恵子が引越をすすめてきた。彼女の占いによれば、不動産に強いという市川さんが見つけた家で、中野の鍋屋横丁《なべやよこちょう》の先にある家で、代々の質屋だったのが、今の代で家業を止め、湘南《しょうなん》の方に居を移すから、質屋だった家が貸家になっているという。

「易で見たらとても方角がいいのよ、一度くらい私の易を信じてみない？　涼太さんはね、あなたと正式に結婚したいのよ。プライドの高い人だから、今みたいに曖昧《あいまい》な立場は厭なのよ、今更、結婚したくないあなたの気持はよくわかるけど、せめて一軒の家に二人の表札をかかげてあげたら？」

いつになく饒舌《じょうぜつ》になって勢いこんですすめる河野多恵子の熱意に打たれて、私は涼太と二人で、その家を見に行った。いかにも質屋らしく、横丁の更に路地のどんづまりに、その家はあった。二階家に蔵のついた家は、堂々としてあたりを圧していた。

蔵の前は広い空地になっていて木も草も生えていなかった。

ここで質種《しちぐさ》などを干すのかもしれないなど、勝手な空想をしてみた。私の徳島の家は、もと質屋だったのを父が買いとったものだったので、やはり広い屋敷の後方に蔵があった。

「私の先祖は質屋だったのかしら」

と笑いだす私に涼太も声を合せて笑った。

私以上に涼太がその家を気に入った。

「移る？」

と訊くと、

「決めよう」

と張りのある声で答えた。

私のマンションも涼太のアパートも引き払い、私たちは同じ日、それも河野多恵子の占いで選ばれた日に、質屋の跡に引越した。

私は低い門の左右の柱に、涼太と私の二つの表札をはりつけた。涼太の背を押して門の前に立たせると、涼太が振り向いて私の肩を両掌でつかみ、何か言おうとして言葉にならず、深い深呼吸をして笑顔になった。

それからの涼太は何かに取り憑かれたように、家の改造に夢中になった。先ず大工を入れ、蔵の二階を畳敷きにして壁を明るく塗りかえ、階段の上りがまちに手すりをつけ、鉄格子の入った小さな窓の下に机を置き、壁ぎわは本棚を取りつけ、私の書斎を造った。階下は書庫と手伝いの少女の部屋に仕分けた。

表座敷の縁側の前にあるせまい殺風景な庭に、石を運び、樹を植え、風情のある庭に変えた。

玄関脇の洋間だけは私に任され、カーテンも家具も私が選んできた。

鉄格子の入った小さな窓の下に坐ると、妙に腹が据って、私のペンはよくすべり、次々作品が生れてきた。

私のノイローゼは、岡本かの子を書くにあたって、太郎さんと親しいという柴岡治《しばおかはる》子《こ》を紹介され、治子の旧知の古沢平作《こざわへいさく》博士を紹介されて、驚異的に快復した。日本精神分析界の泰斗《たいと》である七十近い老博士は、すでに医学界からは引退され、患者はとらなくなっておられたが、岡本太郎一家の天才ぶりを研究されていたので、私の書きはじめた「かの子撩乱」に興味を持たれていた。柴岡治子から私のことを聞かされた時、特別に診てもよいと言われたのだそうだ。生きていたフロイドと直接に交流のあった日本人で唯一の博士だという。美貌で温顔の老博士から、自宅の一室で独特の自由連想法の診察治療をほどこされて、三ヵ月ばかりで完治することができた。思いがけないこの経験が、まさか出家後の私に思わぬ功徳《くどく》を与えてくれることになろうとは、夢にも思わぬことであった。古沢博士の最後の患者ということで、その学界では私の名が記憶されていると知ったのは、つい最近のことであった。古沢博士は、私を最後の患者とされた五年後逝去されている。仏教にも深い興味を持たれ、晩年、阿闍《あじゃ》世《せ》コンプレックスを提唱された博士は、御自分の最後の患者が、その五年後、出家を果そうとは夢にも予知されはしなかっただろう。

質屋の跡に暮しはじめて半年も経たぬうちに、斜め向いのスマートな洋館に、河野夫妻が引越してきたのには呆気に取られた。その家の持主は画家で、アメリカへ留学したので、空家の留守に住んでくれと依頼されたのだそうだ。それも市川さんの不思議な不動産との縁によるものだったのだろうか。

そんな目と鼻の先に住むようになっても、河野多恵子と私は毎日顔を合すわけでもなく、お互い書斎に引きこもって仕事に専念していた。たまに家の前でばったり顔を合わすと、

「表通りの歯医者へ行ったらね、お宅のお向いの先生は、度々いらして下さるのだけれど、気が短くて、あと二回、というあたりでいつでも治療をよしてしまわれるのですよ。お親しいならお誘い下さい、なんてこぼしてたわよ」

など告げてくれる。一本の虫歯もなく大きな白い歯が御自慢の河野多惠子が、なぜ歯医者通いかといぶかると、親知らずがはじめて抜けたので、その後始末だと笑っていた。

方角のせいか何か、質屋の家に引越して以来、仕事がどっと押し寄せるようになって、私は寝る閑も奪われ、いつでも息せききって仕事に追われていた。

涼太とさし向いで食事をする間も、書きさしの原稿が頭の中いっぱいで、うわの空で返事をするものだから、涼太はいつの間にか話しかけなくなった。むっつりとテレビや新聞を見ながら、手じゃくで酒を呑むようになっていた。そんな仏頂面を可哀相と思う余裕もなくなって、私は一刻も早く食事を終り、蔵の二階へ閉じこもりたがっている。

珍しく河野多惠子から電話がきた。

「もし、もし、あたし……」

ゆっくり喋る声をひどくなつかしく思いながら、この蔵の中と、一度だけしか見せてもらっていない洋館の彼女の部屋との距離の近さに吹きだしそうになった。

「何がおかしいの？」

「え？　何も笑ってないわよ」

「笑ったわよ、息のしかたでわかる」

「は、は、は」

「笑いごとじゃない。市川がね、心配してた。真夜中にね、涼太さんに二度ほど逢ったんだって、一度は新宿の歩道橋で。ひどく酔っぱらって、歩道橋に寝そべってたんだって。起そうとしたら、猛然と腕に噛みついてきたから、思わずふり払って足げにして見捨ててきたそうよ、話したでしょ、市川は一見小柄だけれど柔道の段持ちよ」

「ふうん、それで、もう一度は？」

「おとといの深夜、ついそこの路地の入口で、やっぱり酔っぱらって地べたに寝そべろうとしてたんだって……そんなことされたら、近所の人に見つかったら、あなたの顔に障るって、市川が心配してるの」

「ごめんなさい……いつまでも心配かけるわね」

「そんなこと、どうでもいいのよ。せっかくここへ来てうまくいってるようだったのに……」

「……みんな私のせいだと思う。仕事に追われすぎて……」

「少し、減らせないの？」

「あなたも知ってるでしょ、書きはじめの時、批評家のおかげで悪口いわれ五年干されたこと」

「……そうだったわね……」

「あの時の後遺症が残っていて、仕事がなくなることから、恐怖心がぬけないみたい……」

「わかった……おせっかい云ってごめんね」

どういたしましてという私の言葉の終らないうち、電話は向うから切れた。

私は自分のここ三年ほどの仕事をつくづくふりかえってみた。

週刊新潮に「女徳」「女優」を連載し、婦人画報に「かの子撩乱」を連載し、つづいて、新聞三社連合に「妻たち」の連載。週刊読売に「煩悩夢幻」、婦人倶楽部に「花怨」、文藝春秋に「美は乱調にあり」、文藝に「鬼の栖《すみか》」、週刊現代に「朝な朝な」の連載。婦人生活に「燃えながら」、中央公論に「美女伝」、風景に「一つ屋根の下の文豪」、学芸通信に「彼女の夫たち」の連載がつづいている。

その他に毎月、中間雑誌に短篇や中篇を書いている。

つくづくその原稿の山を見ながら、私は生理的に嘔吐《おうと》をもよおしてきた。

またしても凉太の存在そのものが目障りになりはじめていることにぞっとした。

私の中には原稿用紙を喰う鬼が棲みつき、肥りに肥って、やがて私はふくらみすぎた風船のように、破裂してしまうのであろう。

どうすればいいのか。

とにかく、この蔵の書斎から一度逃げだすことだ。

様子を見に泊りにきた叔母が泣きながら私に言った。

「下の庭から見上げたら、蔵の鉄格子の向うにあんたの書いている顔があって、その顔の恐ろしいこと！　まるで鬼よ！　女の四十代なんて、女の一番女らしい盛りなのに……情けのうて、可哀相で……向いの河野さん見てごらん、悠々として身ぎれいで、あんな若い御主人にかしずかれて」

「市川さんの方が一つ年上よ」

「それがどしたん？　少くとも市川さんものどかな顔して、私に道で逢うても、いい笑顔で挨拶してくれる」

「あの人の笑顔は生れつきなのよ」

「それにくらべて凉太さんは、また青いかんの立った顔つきになって、けんけんしてるやないの、これ以上お金稼がんかてよろし、も少し人間らしい暮ししてほしいわ」

叔母は自分の言葉に酔って泣きだしていた。

私はふっと、一昨年、古沢博士のおかげでノイローゼが治った直後、婦人生活の社長夫妻から招待され、一ヵ月のヨーロッパ旅行をしたことを想いだした。

そうだ、とにかくこの牢屋《ろうや》のような蔵の書斎から逃げだそう、シャンゼリゼーを歩いてみよう、ローマで歩きながらアイスクリームを食べよう……

その一ヵ月の旅先に、私には只の一枚のハガキも家から届かなかった。その時の不安や不平をすっかり忘れて、私は異国の旅の楽しかったことだけを思い浮べようとしていた。

私が、遅い夕食の後で、突然、

「ヨーロッパへ行ってくる」

と言いだした時、何杯めかの水割をつくっていた涼太が急に顔をあげ、

「俺も行く！」

とうめくような声を出した。

「だって、仕事がぬけられないでしょう」

「何とか手を打つよ、一緒に行こう」

「ほんと？　ほんとに行ける？」

声をはりあげるうち、思いがけない嬉しさが腹の底からこみあげてきた。

出発の日、空港には、涼太の会社の人々がほとんど全員ではないかと思うくらい大勢見送りに来ていた。万歳でもされたらみっともないと、はらはらしていたら、さすがにそれはしなかった。涼太以上に見送りの人々は興奮していた。

社長がそっと人群から私を引き離し、

「涼太をよろしくお願いします。このところ酒品がとみに悪くなって、心配してたんです。どうか、よろしくお願いします。会社は相変らずピンチで、充分なこともしてやれません。先生におんぶにだっこでお恥しいのですが、わずかながら、小遣いは持たせてあります」

「長く仕事を休ませて私こそ恐縮しています。彼の機嫌のよくないのもすべて私が悪いのです。旅先で反省してきます」

「そんなことなくってよ」

突然私の背後から明るい声がした。医者だという社長の若々しい妻が華やかな笑顔で言葉をつづけた。

「女が男より働ける時代が来て、必ずしも女が幸福になったわけでもないのですね。ごゆっくり、行ってらっしゃい。お仕事、私は驚嘆しながら、拝読しています。身近にいらっしゃるのがとても誇らしい気持ですわ、でも連載どうなさるの？」

「結局仕事はみんな持って行きます。でもこの頃、どこへ行く時も、列車の中でも飛行機の中でも書いていますから……何とかなるでしょう」

何かを感じて目をあげたら、今日ははじめから姿が見えなかったあの若い女が、二階の階段のかげから、じっと涼太の一行を見つめていた。

落したイヤリングの片方をふと、人ごみの足許に見出したような奇妙な安堵感が心をよぎってゆく。

搭乗口に向うぎりぎりの時間を、涼太が告げにきた。涼太は私の先に立ちながら、さりげなく二階のそこを見上げていた。

野分

源氏物語の現代語訳は、私の七十歳から始めて、七十五歳までかかった。その間、私は全力をその仕事に打ちこんでいたので、友人つきあいなど、殆どすることが出来なかった。

その仕事場として、寂庵から歩くと一時間かかる場所にあった４ＬＤＫの旧いマンションの部屋を需め、命を賭ける覚悟でそれに没頭した。私の最後の大仕事と思いこみ、その間、いつでも身震いするような緊張感で張り切っていた。

いつの間にか、市川さんを追い、アメリカに行ってしまった河野多恵子に代って、すっかり親密になっていたのが大庭みな子だった。

大庭みな子は、「三匹の蟹」で衝撃的な出現をして以来、書く物すべてが好評を博し、読者も増えつづけ、出版する本はすべてよく売れていた。いち早く既成の女の作家たちを眼下に見下すような立場になっていた。批評家の受けもよく、たちまち河野多恵子と並ぶ作家になっていた。人気の点では河野多恵子を見下していた。

評判の高かった「谷崎文学と肯定の欲望」という評論まで書いたり、大新聞の毎月の文芸批評欄を、女性作家で初めて一人で引き受けたりして、小説以上に評論でも腕をあげていた河野多恵子と大庭みな子が、芥川賞の選者として、女性作家では初めて、その地位を占めたりして話題にもなっていた。

私は大庭みな子の小説が第一作から好きで、雑誌に載る度、一作も逃さず愛読していた。

のびのびした筆使いと、詩情のただよう内容は、長い詩を読むような生理的快感を与えてくれた。

河野多恵子も、大庭みな子の作品をよく読んでいて、長電話の中で、よく二人で読後感を交しあっていた。

大庭みな子と私が逢うことも、いつともなく頻繁になっていたが、そんな時、必ず河野多恵子の作品が話題になっていた。私が昔からの旧い河野多恵子の親友であることを承知の上で、みな子は遠慮のない口調で多恵子の作品の批評をした。

「河野さんの小説は結構ですけれど、あの方はむしろ、小説より評論家の才能がおありじゃないかしら。『谷崎文学と肯定の欲望』など、他の女性作家の誰も書けませんよ。立派な評論です。小説には愉しさがないでしょう」

ときっぱりという。私は河野多惠子が、大庭みな子の小説を活字になる度、いち早く読んでいて、私と長々電話で感想を言い交す話をした。エロチックな描写は特に二人の間では人気があって、喜んで話題にし合うなど、正直に告げるのだった。それを聞くと大庭みな子は、白い顔にさっと血をのぼらせて目尻を下げた照れた可愛らしい表情になり、「くっ、くっ」と咽喉で笑うが、河野多惠子の作品に対する自分の批評を改めようとはしなかった。

そのうち、早くも二人の作品の全集が出版されていた。河野多惠子は新潮社から、大庭みな子は講談社からそれぞれ出たが、両方とも売行は奮わず、返本が多いと噂されていた。純文学作家の全集がよく売れるほど、日本の文化は進んではいなかった。

ある時、講談社へ用があって出かけた時、何階かの廊下に返本の大庭みな子全集が山と積まれているのを目撃した。新潮社の編集者の話では河野多惠子の全集もその例に洩れないと言うことだった。しかし二人とも、特に大庭みな子の全集は、外国の図書館からの注文が多く、河野多惠子の全集も、外国からの注文が多かったという。作家として、生涯に自分の全集が出るのは夢の最たるものだが、二人の全集の売行の様子を見て、私はいつ出るかわからない自分の全集に焦るのはやめることにした。

河野多恵子が市川さんの後を追い、アメリカへ行ってしまい、あの長電話がさっぱりかからなくなったのが、思ったより淋しかった。その電話はいつでも格別の用件があるわけでなく、所在なさの穴うめのようなものなので、二人の共通の知人の噂話か、最近読んだ本の話などだった。なかでも河野多恵子の最も好きで繰り返し何度でも話題にされるのは、私との湘南行のことだった。

その頃、小田仁二郎は、月に三度ほど湘南から三鷹《みたか》の私の下宿まで通って来ていた。来ない日は、ハガキに小さな字を余白なく埋めこんだ便りが電報のように正確に届いていた。何を食べたか、何を読んだかというような単純なものだったが、電報が届けられたようにそのハガキが嬉しく、それを懐にして、さり気なく家を出て散歩に行くふりをして大通りの雑貨屋の入口にあるポストに入れに行く仁二郎の薄い背が見えるようだった。そのハガキがここ五日も届かないのだった。

妻と娘と三人で住む所は、妻の実家の間借りだと聞いている。愛媛から湘南に移ってきた妻の里の家に、親子三人が同居させてもらっているのだとか。売れない小説家の才能を信じている妻のミシンを踏む内職で暮している男と、困った因縁を結んでしまった私は、その悪縁に日と共にからみつかれて、別れ難くなっていた。「文学者」

の編集者の一人でもある男の、たった一冊出ている本の前衛色に打たれて、私もまた男の才能を無邪気に買いかぶり、男との関係を不倫だなどと恥じる気持は全くなかった。河野多恵子にはそのすべてを隠さず打ちあけている。

いいとも悪いとも、困ったねとも言わず、多恵子は私のぐちやのろけをいつでも黙って聞いてくれていた。

その日、何の用の後だったのか、私と多恵子は東京駅の八重洲《やえす》口の喫茶店で向きあっていた。

「病気じゃないかしら。ハガキが出せないくらい寝こんでるなら、相当重い病状かも」

同じことを何度でも繰返し、心ここにない私をもて余しながら、多恵子は空になった二つのコップを黙って見つめていた。

「家まで行って様子をみたいけど、今、私、電車賃もないし……」

泣きそうな顔でつぶやいた時、多恵子がぶすっと言った。

「お金ならあるわよ。今日、うちからの仕送りを受け取ったばかりだから……」

「使わして！　それ」

私はテーブル越しに多恵子につかみかかりそうに体をのばしていた。

逆上している私の興奮ぶりを、危いと思ったのか、河野多恵子は私と同行してくれることになった。

「興奮してるから、転んだり、物にぶっつかったりしたら危いから……」

真剣な顔付で言う河野多恵子の言葉に甘えて、同道してもらうことにした。

海水浴場として名の通った湘南のその駅は小さく鄙《ひな》びていて、夏はとうに過ぎているので人影も少なくうら淋しかった。電車から降りる人も私たちの外いない。河野多恵子に同道してもらってよかったと思った。

ハガキには正確な住所も書いてなかったので、忽《たちま》ち、はたと困ってしまった。男の妻の里の苗字だけは覚えていたので、道を歩いていて出逢う誰彼を摑えては、

「このおうち御存じありませんか？」

と問いつづけた。誰も知っているという答えはくれなかった。

「小田さんの表札も出てるんじゃない？」

多恵子の意見で、二つの苗字を並べ問いつづけた。どこからか子供たちが集ってきて、うろうろしている私たちの後ろに何かはやしながらわいわい尾《つ》いてくる。疲れきって喉が渇いてきたが、その辺りに店屋は見当らない。道端で坐りこんで客を待っているのは、貝を売る年寄の男だけであった。

「ちょっと、きみ！」

背後に太い男の声がした。ふり向くと、年輩の巡査が立っていた。

「さっきからうろうろしているようだが、若い娘がこんなところでうろついていると危いよ、早く家へ帰りなさい」

という。私は三十一歳だし、多恵子は二十七歳だし、若い娘と言われて、くすぐったい感じで、顔を伏せたまま、逃げようとしたら河野多恵子が、

「あのう、実は家を探しているのですが、交番でわかりませんか？」

と言った。巡査は、それならと、線路の向う側の小さな交番へ私たちを連れていった。

窓際の机の上に住民票のとじられたものを開き、巡査は小田仁二郎の名を探した。それはすぐ見つかり、住所も正確にわかった。

私はほっとして、その住所を紙に写すことだけに気をとられ、お礼もそこそこに交番を出た。少し歩くと河野多恵子がつぶやいた。

「小田さんて、たしか、大正二年生れとか言ってたけど、明治生れやね。奥さんも明治生れよ、あの住民票に並んで書いてあった。明治四十三年だか、四年だか」

私は呆っ気に取られて声が出なかった。住所を写すことだけに気を奪われ、彼等の

生年月日のところなど目にも入らなかった自分に比べて、河野多恵子の好奇心の強さというか気配りというか、抜目のない観察眼に恐れ入った。

いつの間にか日が短くなっていて、あたりにたそがれがひろがってきた。私たちは交番で教えられた小田夫人の里の家をようやく探しあてた。歩道から横の細い小路に入った突き当りの奥に、その家というより大きな邸があった。高い塀に囲まれ、塀の出入口にいくつかの表札が並び、その中に小田仁二郎の表札もあった。私はす早く入口の戸を押し中へすべりこんだ。二階建の予想よりはるかに大きなどっしりした邸宅だった。あたりはもうすっかり昏くなり、早々とその家の二階の雨戸は閉められ、内の灯《あかり》が戸のすき間から洩れているのが侘《わび》しかった。何となく気持が荒々しくなり、私は足許から小石を拾い集め、二階の洩れる灯に向って次々投げつけてみた。小石は頼りなく宙に飛び、ひょろひょろとすぐ地に落ちた。塀の入口から鮮やかな黄色いコートを着た女が入ってきて、真直邸の玄関の方へ足早に歩いて行った。私は彼女に見つからないよう息をひそめ、板塀にしがみついていたが、彼女が玄関の内へ消えるのと同時に、す早く入口から外へ出た。

河野多恵子が、飛びついてきて、疳高い声で、

「どこへ行ってたのよ！　今、奥さんの妹らしい人につかまって、冷汗かいたよ。い

きなり道路にあらわれて、私をきっと睨みつけ、怖い目で〝何をしてらっしゃるのですか？〟って詰問《きつもん》するのよ。家を探してると言ったら、何というお宅ですかとたたみかける。原田《はらだ》宋一《そういち》さんのお宅ですってでたらめ言ったら、そんなお宅この辺りにありません。この奥は私の家だけです、ときつい声で言って、塀の中へ入ったのよ。あなた、どうしてたのよ」

河野多惠子は珍しく興奮して、声も高く、震えていた。

「ごめん、ごめん、中へ入って二階めがけて石投げてやったのよ、ひとつも当らなかった」

話す間にも、あたりの空気は暗さを増してきた。

河野多惠子はその後、何年経っても、電話の中でその時のことを繰り返した。黄色いコートの女性は、私たちの間ではいつの間にかキンカンと名づけられていた。多惠子はキンカン女史の詰問の真似が、すっかりうまくなっていた。

よほど、その日のことが印象深かったのか、電話でその日のことを飽きずに繰り返した。

「新宿に帰りついて、南口のラーメン屋に駆けこんだよね。おなかがすいてへとへとで。行く前、喫茶店でコーヒー呑んだだけだものね。あなたが、客のいないラーメン屋の、れんたんストーブにしがみつくようにして、『ああ、寒い！　今夜はなんて寒いんだろう』って言ったら、肥った女主人が、『いや、今日は一日暖かかったですよ、お客さん、よほどおなかが空いてるから寒いんですかね』と言って大笑いしちゃったじゃないの」

何度でも飽きもせず繰り返される話は、二人の間では秘密のまじないのようになっていた。そのうち二人の記憶が次第に曖昧になってきて、全く違うことを話しあうようになった。私は彼の家を探す途中、小さな川にかかった丸木橋のようなものを靴をぬいで渡ったと言いだし、多恵子は、川はあったが川沿いの道を歩いて橋などなかったと言う。どっちにしても、その日の話をすると、二人の気分が同時に和むのが不思議であった。

その時の話でなくても二人の間では、一を聞けばとっさに十を理解出来る親密さがかもされていた。

お互い誰よりも相手を理解しあっていると信じきっているふうにみえるのは、私だけの一方的信頼で、思いがけない時に、私は背後から彼女に川に突き落されそうになるショックを一度となく与えられた。

出家の時の意味不明な裏切りといっていい円地さんへのとりなしのなさがそうだったが、私の女子大の一級上の西本敦江さんが結婚した福田恆存氏に、どうしても紹介してほしいと言われ、それを叶えたら、その後、いつの間にか、私ぬきで福田氏と親しくなり、福田氏の劇団「欅《けやき》」の日生劇場で上演する芝居に、エミリ・ブロンテ「嵐が丘」の脚色を河野多恵子がして、福田恆存演出で公演したのである。私はそれを公演の間際に招待席のチケットを渡されるまで、全く知らずにいた。その時は嬉しいとか祝うとかいう気分には全くなれず、何という恐ろしい人かとぞっとした。私のことだからそんな場合、たいてい初日に、花を贈ったりするのだけれど、この時ばかりは何をどうしたか全く記憶にない。福田氏は、「これは瀬戸内さんには内緒にしておきましょう」など絶対言う人ではないし、そういう関係の氏とのつきあいではない。河野多恵子四十四歳の時である。私はその後、それに関して一切彼女に訊いたことはない。エミリ・ブロンテに神がかり的に傾倒していた彼女は、私との話題の中で、とかくブロンテについて語りたがったが、その都度、忘れていたその折の不快さを思い出し、私から話を折ってしまった。人より格別繊細な神経の持主の仕業《しわざ》とは思えない事件であった。確かにそれは私にとっては一つの事件であった。

その後、三年過ぎて、私の出家前の、円地さんとの破門事件がおきている。あの時は、私は面と向って、どういうつもりで、私のために何の弁明もしてくれなかったのかと問いただしたが、それに対して彼女はむうっとした表情のまま、一言も発しなかった。二人きりで話すと、体をよじって笑いころげることが多いのに、お面をかぶったような無表情になり、一言も発しない。そんな時の河野多恵子は憎らしいより無気味な感じさえして、別人のように見え、取りつくしまもなくなるのだった。

「文学者」が主宰者丹羽文雄氏の意思で、突然無期休刊になった時、丹羽氏に頼り切っていた同人たちは周章狼狽《しゅうしょうろうばい》してなすすべもなかった。同人費も取られず、すべての金銭的負担を丹羽氏にまかせて、その幸運に甘えきっていた同人たちが、いつかは当然受けねばならぬ罰であった。

小田仁二郎は自分たちで同人誌を出そうと考え、「文学者」同人の中から、河野多恵子と吉村昭《よしむらあきら》とその妻女の津村節子《つむらせつこ》と私を集め同人に誘うことにした。

「この四人が、将来作家として残る才能だ」

と確信あり気につぶやいた。その時は半信半疑で聞いていたが後年、彼の言葉が正確だったことは証明される。吉村夫妻は喜んでその計画に乗ってきたが、河野多恵子は、ぐずぐずした態度で煮えきらず、結果的には、その計画には乗りたくないという態度で相談会の席から引きあげて行った。彼女が一番喜んで参加してくれるとばかり勝手に思いこんでいた私は、集りの会の終り頃、例のお面の顔になってしまった彼女が、得体の知れない別人のように見え、全くしらけてしまった。

「気が進まないなら帰ってもいいよ」

小田仁二郎がおだやかな声で言うと、河野多恵子はそれを待っていたように、す早く立ち、

「失礼します」

と一礼して、さっさと部屋を出て行った。

それっきり、河野多恵子に何年も逢うことがなかった。

丹羽氏の気が変り、また「文学者」が再開された時は、誰よりも早く河野多恵子の姿がその会に馳せ参じていた。別人のように不健康な顔色になり、ぐっと老けた河野多恵子は、けろりとした態度で私たちと顔を合わせたが、一徹な吉村昭は、内心の憤りを押えきれない表情で、彼女を無視して、一顧だにしようとしなかった。

私たちの同人雑誌の相談会の席からそそくさと立ち去って以来、肺結核になって、ずっと寝込んでいたと聞かされたのは、それから数年も後のことであった。

退院はしたものの、私の足腰の衰弱はいちじるしく、終日ベッドで横になっている

しかなかった。腰の痛みはまだ時々猛烈に襲いかかり、病院から貰ってきた痛み止めの薬を手放すことはできなかった。一番情けないのは、腰が弱りきり、物に腰かける姿勢が、五分と保てないことだった。横たわって本を読むことはできるが、ベッドから起きあがって、机に向うなど、全く不可能であった。

食事の度、ベッドに横たわったまま、身体をねじって、食べ物を口に運ぶ。その姿勢が厭でたまらず、万一、このまま起き上れないなら、死んだ方がましだと情けない気持に沈んでしまう。

孫より若い二人の秘書と助手の娘たちは、外形の華やかさに似ず、心づかいが細やかで、共に優しかった。秘書のモナは、どこで覚えたのか、本職のような馴れた手つきで、ぼうぼうにのびた私の髪の毛を剃ってくれたり、

「どうしてこの鼻は、鼻柱がないんでしょう」

などつぶやいて、私を笑いでむせさせながら、白分用に買ってきた化粧品で、九十歳を越えた私の顔をパックしてくれたりするのであった。

「あたしたちは、寂庵に勤めたはじめから、先生はこんなふうにボロボロで、訪ねてくる人たちが口を揃えて言う、昔の颯爽とした姿なんて想像も出来ない」

という。確かに私は彼女たちに逢うためにも、庵の廊下を、重い歩行器にすがって

進み、初対面の彼女たちの前に現われたのだった。

「前に勤めてた人たちは、よく社員旅行だと言って、沖縄や、韓国や、ハワイまで連れてってもらったって聞かされるのに、あたしたちは、寂庵と病院を往来するばかり……つまらないなあ！」

と、ぐちってみせるのも、だから早く治ってよという彼女たちの優しい心から出てくる言葉だった。

「わたしは親不孝で、子不孝で、肉親には、ろくな親でも子でもなかったのに、最晩年に、こんな優しい他人の世話になるなんて、何と言う幸せ者かしらねえ」

私のベッドの横で、私に向ってお尻を突きだした、おかしなスタイルで、スクワットを繰り返しているモナは、横目で私を見ながら、つぶやく。

「全快したらサンフランシスコの別荘へ行きましょうね」

「あれは、娘のものよ、あげてしまった以上、わたしたちは軽々行けない」

「だって、買ったお金は先生がだしたんでしょう」

「なぜ、そんなこと言うの？」

「辞めた人たちから、なあんでも聞いてるんだから」

「困ったお喋りね、あの人たち」

「天下一お喋りの先生の許に、三十年も四十年もいた人たちだもの、移りますよ」

「…………」

「あたしたち、もっと知ってる、先生の知らないこと」

「何よ」

「言ったら、いくらくれる？」

「ああ浅ましい子だ」

「すみませんねぇ、そんな人間しか、ここへはもう、来てがなかったの」

「今すぐ、閑を出す」

「あと、来てがありませんよう」

「モナ程度ならいくらでも来るわよ」

「どうですかねえ！　あたしもアカリちゃんも、小説家のところには、若いすてきな作家や編集者がわんさか来るだろうと、内心楽しみにしてたのに、来るのは、賞味期限切れのおじさんばっかり」

「悪かったわね、いつでも辞めていいよ」

「センセ、そんなこと軽々言わないこと。今、あなたさまは、腰が痛くて寝たっきり、御飯も横になって、食べてるんですよ、原稿なんか書けないんですよ、法話も出来ないんですよ、そんなとこに誰が来ます？」

「ほんとだ！」

私は、全身でうなずこうとして、腰が痛み、

「あ、たたた！」

と、悲鳴をあげてしまう。

もう退院という時に、胆のうガンが発見され、手術をして退院が少しのびた。その時、けろりとしている私に比べて、若いモナの方が顔色を変えた。

「絶対これはヒミツにしましょう」

「大丈夫よ、ガンなんて、今じゃ年とればみんな、若いあなたたちにニキビが出るように、出てくるものなの、取ればいいのよ」

「今九十二歳ですよ」

「大丈夫、うちは、父も姉もガンだった」

「それで二人とも亡くなってるじゃありませんか」

「どっちみち、人は死ぬんだから」

「お父さんは五十六で、お姉さんは六十六で、可哀相だって、小説に書いてるじゃないですか」

「わたしは、今、九十二よ、もう十二分に生きた。生き飽きたわよ」

「法話で、人間は定命《じょうみょう》が尽きるまで死ねないって、いつも言ってるじゃないですか」

「あら、モナ、わたしの法話聞いたことあるの？」

「お堂のことは一切、前からいるサオリさんがやってくれてるけど、これでも、あたしは秘書ですからね、センセが何を喋ってるか聞いてないとだめなんです。先生の書いた『釈迦《しゃか》』だって読んでますよ、時々とばしながら」

「おそれいりました」

「ところで、この後、お仕事つづけるつもりですか？」

私は言葉に詰った。死ぬほど痛いとか、死んだ方が増しだとか、よく口走るようになっていたが、本気で今、自分が死ぬとは思っていなかった。

ガンだって、全身麻酔で、おへそのまわりに三つ穴をあけただけで、するりとガンは引っ張りだされていた。たまたま手術をしてくれた博士が、ガンの手術の名人と評判されている名医だったと後で聞いた時も、愕かなかった。そんな時は、私は出家しているから、仏さまが、そんな名医を廻して下さったのだと、単純に有難がってしまう。高価なビフテキほどの胆のうを見せられた時も、

「焼くと美味しそうですね」

と言い、医者や看護師たちを絶句させた。

いつの間にか、私より、若いモナの方が、世間智が上になっていた。私は自分がガンになったことは世間並だと思い、誰に隠そうともしなかったが、モナは、「ガン」のため、マスコミが騒ぐにちがいないと、ひどく恐れていた。そしてそれはモナの予見が当って、私の病気は、はじめから、ガンだったようにマスコミに騒がれはじめていた。

「そら、ごらんなさい」

退院して、インタビューのすべてが、ガンに重きを置くので、モナに威張られた。

九十すぎて、ガンの手術をしたからには、幸い死ななかったものの、もう仕事は出来ないだろうというのが、マスコミの予想のようだった。

九十すぎまで、「文藝春秋」の随筆欄の頭に、毎月、面白い実のある随筆を書きつづけていた阿川弘之《あがわひろゆき》さんさえ、いつの間にか、最後のその仕事も降りて、今は一切の仕事を止めているという。娘の佐和子《さわこ》さんの話では、

「そんなところに入れたら死んでやる」

といっていた老人専門の病院に入って、ビールなんか呑んで、相変らず、自分流の生き方を貫いているという。貞淑《ていしゅく》で、やさしい夫人は、認知症が出て、阿川さんより

早く、病院住いしているとか。今ではテレビのキャスターとして、抜群の人気を得ている佐和子さんが、忙しい仕事の合間を縫ってお二人の面倒を見ているらしい。瞬間湯わかし器と評された怒りっぽかった阿川さんも、昔のようには怒らなくなっているのではないか。佐和子さんは、

「おんなじよ」

と笑っていたが、あの生真面目な阿川さんが、生きていてペンを放すとは、どんなに淋しいことだろう。

まだ私が、元気だった頃、誰にも会いたがらないという阿川さんに、私の方から出かけるから、会ってくれないかと佐和子さんに打診して貰ったが、佐和子さんからは返事がなかった。

「なに？　せとうち？　そんなやつ、知らないよ。何、尼だって、ああ、そうか、想いだしたけど、逢いたくないよ。作家だって、坊主だって、面白くもねえ、誰にも会いたくないよ。ビール、早く持って来いっ！」

相変らず大きな声でわめいている阿川さんの声が聞えてくるようである。私はつき合いが難かしいと言われていた阿川さんと、縁が深く、まだ私が小説など書いていない頃、阿川さんが「春の城」で読売文学賞を獲った会に出ていたのである。

その時一緒に受賞した福田恆存氏にすすめられ、文学賞の現場を見ておけといわれて出席したのであった。二人が受賞のあと、喫茶店で休み、そこで、貰った副賞の万年筆を、箱から出して嬉しそうに見ていた表情まで、はっきり覚えている。

後になって、阿川さんにそれを話したら、全く覚えていなかった。

「そう言われたら、あの時、福田さんの親類の娘さんみたいな女の人がいたね。へえ、あれがあんただったの」

と、ひどくびっくりしたものだった。

どういう縁か、地方講演に二人で行くことが多かった。阿川さんは、応接室で、招待者側のお偉いさんと挨拶している時でも、外の方に、ドンチャカドンチャカ音楽が聞えてくると、

「あっ、来た！」

と叫んで、会話は放りだして、その場から外へ飛びだして行く。残されるのは厭なので、私も瞬時をおかず、その跡を追い走りだす。音楽は、地方の町の、何かの広告の行列の音楽で、ドンチャカドンチャカと、大したことはない。けれども阿川さんは、その楽隊が好きで、どこまでも尾いて行こうとする。私はそんな阿川さんの腕を引っぱって、私たちが、東京から離れた町に講演に来ていること、もうすぐその開演

の時間になることを思い出させるのだった。そんなことが、一度や二度ではなかった。若い作家や編集者には何となく怖がられていたが、阿川さんは子供のように無邪気なところが残っていて、バーで、ホステスに、ちょっとお世辞を言われると、たちまち本気にして、翌日の帰りの列車の出発まで、プラットホームでその女性が来ることを待ちわびて、そわそわとしたりするのであった。

「ね、もし、東京で部屋を見つけて、その女の面倒見るとしたら、いくらくらいかかる？　彼女、ぼくと東京で暮したいと言うんだよ」

冗談ではないその真剣な表情を見ると、

「そんなことあり得ないわよ！」

など、どうしても口に出来ず、来る筈《はず》もない女のために、こっちまで本気の顔になって、一緒にいくらくらいかかるか、考えてみたくなるのであった。

そんな純真な阿川さんが、私は好きだった。夫人は東京女子大の後輩で、秀才で有名な方であった。

その阿川さんの訃報の出た新聞を、モナが持ってきた。黙ってそれを置いて去る。

私はそこに出ている写真と記事を目で追いながら、やっぱり、一度、無理にも逢っておきたかったと思っていた。

「何だ？　老衰？　らしくないよ、しっかりなさい！」

あの大きな自信に満ちた声が、もう一度聞きたいと切に思った。

その阿川さんも、ある時言ったものだ。

「お喋りの瀬戸内くんと、あの無口な河野さんが、どうしてそんなに仲好しなの？」

「仲好しに見えますか？」

「もちろん！　でも、あの人の小説は難かしいね、文章は完ぺきだけど」

そのあとが、言い難そうに声を落して訊いたのは、河野多恵子は、好んで書いてるような性向の人かということだった。

「そうらしい」

私のその声を聞き、阿川さんは、さも嫌そうな表情をして、それっきり、河野多恵子の話をしなかった。

河野多恵子は阿川さんの文章の立派さを、よくほめていた。その度、私はそれを阿川さんにつげていた。それを聞くと、阿川さんはちょっと照れた可愛らしい表情になった。

河野多恵子としきりに話がしたくなり、いくら電話をかけても全く通じなくなった。私は自分がそうなので、河野多恵子も病気で入院しているなと思ってきた。私の長い病気を知ったら、必ず電話が来る筈なのに、それもない。私は彼女の今の係りの編集者を全く知らなかった。

妙に気になってきて、私は河野多恵子が入院しているにちがいない病院を、探しはじめるのに熱中してきた。

白い胡蝶蘭

電話狂の河野多恵子から全く電話のかからなかったのは、夫の市川さんの後を追ってアメリカへ出かけていた間だった。その間も数種の文学賞の選者を引き受けていた為、年に数回は日本に帰っていたが、選考会に出るだけで、すぐとんぼ返りでニューヨークへ引き返すので、私に電話など寄こすことはなかった。いや、たしか二度はあった。

それは二度とも突然ニューヨークからかかってきた電話だった。

「……わたし……」

低い押えこんだようなその声を聞いただけで、河野多恵子だとわかった。

「どうしたの？　今、東京？」

「ううん、ニューヨーク……」

「まあ珍しい、こちらからかけ直しましょうか？」

長電話の電話料金のかさむことを案じて言うと、

「ううん、このままで。短く言うから」

押えようともしない私の笑い声に、いつものように笑い返しもしないで、暗い多恵子の声が咽喉から押し出すような重々しさでつづいた。

「あのね、市川が膵臓《すいぞう》ガンで、手術しなきゃならないの」

「わかった！　すぐ送るから」

「……どうも……」

「それで、あなたは大丈夫なの？　無理しないでね。誰か、手伝ってくれる人はいるの？」

「市川のお友だちや仕事関係の人も、みんな男ばかりだから」

声の調子が少し明るくなったので、また長電話になることを恐れ、私はそそくさと電話を切った。その後、すぐニューヨークで弁護士をしている孫娘に電話をして、アメリカでガンの手術をすれば、どれくらい病院の費用はかかるかと訊いた。アメリカは日本より病院の費用はとんでもなくばか高いからと、彼女はてきぱきおよその金額を告げた。

電話を切るなり、私は教えられた金額の二倍を送金した。こういうことは三年ほど前にも一度あった。その時は税金が払えないからということだった。次の日、受け取ったという電話はあったが、くどくど礼などは言わない。それがいつもの河野流なので、私もけろりとして気にもしない。

術後の経過も何も知らせてはこない。報せのないのは無事の証拠だろうと、私もそれっきり電話をしなかった。

身寄りもないニューヨークで、言葉も充分ではないのに、どんなに心細いことだろうと思いやったが、多恵子の声の暗さに、用件以外の話はしたくないという感じを受けたので、それっきりにした。

三月ほど経って河野多恵子の電話がきた。

「……わたし……」

「あっ、どうだった、市川さん大丈夫?」

「ありがとう……色々……どうも……今、わたし東京なの」

「あ、賞の件?」

「そうなの、今朝着いて、今日選考会で、明後日《あさって》発つの、だから京都まで行けなくて」

ごめんなさいという言葉ははぶいていても、気持が通じるのが、長い友情の賜《たまもの》なのだろう。市川さんの術後の経過はよく、もう退院して、絵を描きはじめているという。

「市川がくれぐれもよろしくって」

選考会の前に、二、三、出版社の編集者と会うことになっているからと、この日の電話も短かかった。私の笑い声を聞きとがめて、

「何がおかしいの？」

と、問い返してくる。

「それに返事したら、またえんえんと話がつづいて、三時間になるから、今日はやめとこう」

はじめて、

「く、ふふ……」

と咽喉で笑う多恵子の声が聞えた。

賞の選考を、どうしてそんなに多く引き受けるのか。往復の旅疲れも一通りではあるまいだろうにと、一度訊いたことがある。多恵子は即座に、きっとした口調になり、

「これで食べてるのよ、わたしは元々寡作《かさく》だし……」

という返事が返ってきた。私たちの間には見栄も気取りもないだろうと思いこんでいたが、そうでもないらしいことを知らされたこともあった。

河野多惠子は、ニューヨークの大学で、日本近代文学の講義も頼まれ、それをこなしているし、そのため、週に何日か、大学に行くので、教授室には、自分の机が用意されていると言っていたが、日本中世の尼僧の研究をしているその大学の日本通のR女教授が、

「え？　そんなことありませんよ。だってあなたも一度いらしたことありましたでしょう。あの大学の教授たちの部屋は狭くて窮屈で、机が一杯で、河野さんの独自の席なんて取れませんよ。それにあの英語力で講義なんて……」

日本に一年の三ヵ月ほどは滞在しているR女史は、流暢《りゅうちょう》な日本語でまくし立てた。

十四年も長くニューヨークに滞在することになろうとは、夢にも予想できなかったので、人知れぬ苦労に耐えているのかと、気の毒になった。それはやはり、市川さんへの彼女の強い愛と執着のなせる業《わざ》なのだろうとうなずくしかなかった。

市川さんはニューヨークではヘンリー市川という名前で呼ばれていた。某建築会社が建てるマンションやホテルの部屋にかける絵を描く仕事も、すでに予定を終えている模様だった。日本ではすっかり貫禄がつき、女性作家の先頭に立つ「河野多惠子の

夫」として記憶されることは、市川さんのプライドが許さないのだろう。

「やっぱり行く」

と、アメリカ行を決心して電話をかけてきた時の河野多恵子の声音《こわね》の明るさを忘れない。考えに考えぬいた末の決断なので、その声はむしろ爽やかであった。突然のように、市川さんが渡米してしまった時は、逃げた！　捨てられた！　という感想が湧き上ってきたが、程なく、日本のすべてを投げうって多恵子が市川さんの後を追った時は、そうか、やっぱり！　と納得した。多恵子が、夫として、選ぶ男は限られていた。彼女の性的傾向を受け入れる、あるいは調教され得る男性でなければならなかった。

河野多恵子の小説は私小説ではないものの、書く題材のすべては、彼女の心の中をねっとりと、深く厚く、漉《こ》し通されなければならなかった。

「小さな女の子が大嫌い！　生理的に嫌い！　でもその年頃の小さな男の子は頭のてっぺんから足の先まで、食べてしまいたいくらい大好き！」

とうっとりした口調で言う。

「彼女がオペラを聴いている時の、我を忘れたうっとりした可愛い表情を見たら、彼女のためにどんなことでもしてやりたくなりますよ」

ぬけぬけと言ってのけた市川さんの声を思いだす。彼女の異常なほどの少年愛は、性に目ざめた時、必然的に、倒錯した性行為を需めるようになっていた。

ある時、ふたりきりで、私の部屋で何時間も話しこんでいた。私は菊正宗《きくまさむね》を冷やで手酌で呑んでいたが、多恵子は紅茶にブランデイをちょっと落しただけで、たちまち顔を赫くしていた。

「折り入ってお願いがあるの、必ずきいてほしい、真剣なお願い」

「何よう、もったいぶらないで言えば。今まで、頼まれたこと断ったことないでしょ」

「今に市川が捕った時、裁判にかけられるでしょ、その時、あなたに証人になって欲しいの。どう考えても、あなたしかいない」

「待って！　何をして捕って裁判沙汰になるのよ」

「その時、わたしは死んでるのよ。助けられないのよ。だからさあ、あの人が殺したんじゃない。すべてはわたしが需めて、あの人はただわたしの要求をみたしてやろうとしただけだと、それを証明してくれるのは、あなたしかないのよ」

まっ直ぐ私を見つめている河野多恵子の大きな目にみるみる涙がふくれ上ってきた。

私はあわてて、たてつづけに盃をかたむけながら、今だ！　かねがね聞きたかったことを訊くのはと、焦りながら、全く別のことを口ばしっていた。

「死ぬかもしれない過激な要求ってどんなことするの？」

「一口に言えない、その時々で思いがけないことを思いつくのよ。なるたけ、人のしそうにないこと」

「たとえば」

「すきやきたべてたとするでしょ、たべ終って、まだ熱い鍋を、背中にべたっと乗っけたくなる」

「ひやっ！　それ、すさまじいなあ」

「たとえば、力まかせにぶちたくなるでしょ。ナイロンの洗濯干の紐《ひも》があるじゃない。それを畳んで打つと、丁度使いがってがいいのよ。その時、洗濯ばさみをつけたまま畳めば、もっと使いでがある」

「うあ！　痛！」

「両方が興奮していってだんだん過激になってゆく……」

「気がついたら、死んじゃってる！」

「そういうわけ。何だか、そんなことになりそうな気がしてきて、このごろ怖くなってきた」

聞いてる方も恐しくなって、湯のみに酒をみたし、ぐいぐい呑んでしまう。私が前々から訊きたかったのは、彼女のそういう性向は、自然に芽生えたものか、誰かに教えられ誘導されたものかという点だった。

たまたま市川さんがそういう傾向の人だったから、多恵子がその匂いを嗅《か》ぎわけたのか、たまたま自覚しなかったものの、調教され易い体質だったのか。

人間は不可解な動物だ。そして限りなく複雑な生き物だ。計りしれない不思議を数えきれない細胞の中にかかえこんでいるからこそ、尽きない魅力に包まれているのだろう。

河野多恵子が他者の書かない小説を書きつづけようと孤独な作業をつづけていくのを、御ひいきの丹羽文雄だけでなく、若い作家たち、それも男の作家たちに熱烈に支持されるようになっていた。

サディズムとマゾヒズムの微妙な交錯から予期しない豊潤な美酒をかもしだして読者を酩酊《めいてい》させてくる。

「河野多恵子ひとりを生んだだけで、『文学者』を出した甲斐《かい》があった」

と主宰者の丹羽文雄に発言させ、旧い早稲田派の同人たちを憤慨《ふんがい》させたが、その連中も、あまりに見事な河野多惠子の作品の豊かな出現に、目新しい手品でも見せられたように、つい口を開け、大きなため息をついて黙りこんでしまうのであった。

丹羽さんは平林たい子の歿後、彼女の残した財産で、平林たい子賞を作った時、その会の会長に、河野多惠子を据えるのに、逡巡《しゆんじゆん》がなかった。この賞は、優秀な新人を発見し、世に送りだしたが、受ける若い新人たちの中には、平林たい子の作品を一作も読んだこともない人が多かったという噂も伝っていた。会の事務的な面倒は、講談社が引き受けていた。平林さんの資金がなくなるまでその賞はつづいていた。

河野多惠子は律儀にその大役を勤めあげた。

しかし思いもかけないことが出来《しゆつたい》した。

あの見るからに堂々としたすっきりした肉体の丹羽さんが、七十過ぎから、脳梗塞《のうこうそく》になり、認知症にかかられ、作家活動が不可能になった。その頃では早稲田系の丹羽文雄の後輩の誰よりも、丹羽家の奥座敷に入りこんでいた河野多惠子は、家族の一員のように心痛して、しばしば小まめに三鷹の丹羽家に足を運び、見舞いを絶やさなかった。その勤めぶりは傍目《はため》にもけなげで美事に見えた。

その頃から、私たちは逢うとよく自分の余命について話しあうようになっていた。電話では例の三時間余の長電話で、えんえんと、どう死にたいかを論じあった。

河野多惠子はその都度、占いを持ちだし、

「あなたはそそっかしいから、余ほど気をつけないと、路上で倒れて死ぬそうよ。そういう卦《け》がでている」

という。四つ私より若いので、自分は絶対私より長く生き残ると信じていた。その頃、よく婦人雑誌や女性週刊誌に占いの記事をのせている人物を信じきっていて事あるごとに、なにがしかの見料を届けて占ってもらっていた。

「いつ死ぬかは、占い師は言ってはならないことになっているけど、わたしはどうも長生きするそうよ。こうなったら、わたしは次の日本でのオリンピックも見てみたいし、御代替りも、もう一遍くらい見てみたいわね」

「おお、厭なこった！　私はさっさと死にたいわ。うちは短命の家系だから大丈夫と思うけれど」

「弔辞《ちょうじ》はまかしておきなさい。天下の名文読みあげてあげるから」

そんな話になるといつでも河野多惠子は、はり切ってくる。自分が私より生き残ると信じきっているからだ。

「井上《いのうえ》（光晴《みつやす》）さんはあなたと同い年だけど、あんなに早く死んだじゃない」

「あの人はお酒のせいよ。ああ朝から呑んでたら、誰だって命ちぢめる」

「丹羽さんみたいにお酒あがらないでもああなるしね。でも私、延命しないよう、とっくに尊厳死協会に入ってるから大丈夫よ」

「それ、何？」

「病気した時、延命治療しないで下さいという自己証明よ。夫婦で入ればとても安くなる。入っといた方がいいよ」

「ふうん、でも、入らない。だって治療は出来る限りして一日も長く生きたいから。オリンピックまた見たいし……」

そんな話をしている間に、河野多恵子の信奉している占い師が、まだそんな年でもないのに急死してしまった。後はその息子がついだらしいが、それは、全く当らないと、多恵子が、腹立たしげにぐちるのを聞いた。

そのうち、谷崎潤一郎の「痴人の愛」のナオミのモデル、せい子さんがまだ生存していることがわかってきた。

河野多恵子は、早々と逢ってきて、彼女が神がかった占いをすると喜んでいた。逢うなり、

「あなたはあたしくらい長生きする」

と言われたという。その時、せい子さんは九十二だか三だった。私も逢いたいと思

っていたら、中央公論社の何かのパーティで、彼女が私の肩先に立っているのに気がついた。ほっそりして、小粋な服を着こなして、髪を薄茶色に染め、しゃれた帽子をかぶっていた。

私は声をかけ、壁ぎわの椅子をすすめた。素直に私の言葉に従って、さっさと椅子に並んで坐った。

何気なく組んだ脚の美しさにぎょっとなった。谷崎は女の足が掌に入るほど小さいのを好んでいたが、せい子さんの絹の靴下に包まれた足は、昔、映画で見たデイトリッヒの脚のように細っそりとしなやかで、特別注文らしい、しゃれた靴をはいていた。思わず、撫《な》でたいようなきゃしゃな靴が可愛らしく、私はため息をもらしていた。

「何て可愛らしい靴でしょう」

「靴には凝るのよ、昔から……」

客たちは、中央に集っていて、壁ぎわの椅子には私たちだけだった。

「今日は河野多恵子さんはちょっと予約があって来られないんですよ」

「あ、そう……あの人の小説読んでみたけど難しくて読み通せなかった」

「谷崎さんより佐藤春夫《さとうはるお》さんの方がお好きですって？」

「ええ、人間は死ぬと、あの世で、その人の位によってふさわしい段上に行くのよ。上の人が下の段に降りてくることはできるけれど、下の段の魂は、上の段には上れないの。あの世では、谷崎より、佐藤の方がずっと上の段にいるのよ」

「へえ、じゃ、夫婦でも、恋人でも必ずしも一緒の段に並べないのですか」

「ええ、そう。佐藤の方が谷崎より、人格が上だからね」

「御自分のあの世の段もおわかりなんですか？」

「ええ、そうよ。あたしは、二人の真中くらいの段にいくらしい」

「ちょっと書くことがあって、例の妻譲渡事件の小田原《おだわら》のこと調べたんですけど、事実は小説より面白いですね」

「まあね。他人から見れば、面白おかしな話ですわね」

銀座のバーのホステスが沢山呼ばれていて、その一人が、ワインを運んできてくれた。

せい子さんはそれを優雅な手つきで美味しそうに呑みはじめる。

「お強いんですか？」

「まあね。こんな世の中、お酒でも飲まなきゃあね。息がつまりますよ」

「も少し、伺ってもよろしいですか？」

「どうぞ」

「あのう、谷崎さんはせい子さんが他の人と結婚しているのに、ずっと毎月大へんな金額、送金しつづけていますね。今月は手許に金がないから、この名刺持って中央公論の誰それを訪ねよ、その場で現金渡してくれるなんて、手紙も残っています。その金額が、相当なものなんですね、あれはどういう？」

「当り前よ。だってあたしは十六の時、谷崎にやられちゃったのよ。姉さんと離婚するから結婚してくれって……」

「あ、箱根へつれていかれて……」

「そうよ。あたし、やーだよって断っちゃったの」

「すっきりしてますね」

「だって、その頃、谷崎に映画に入れられて、そこで江川宇礼雄《えがわうれお》に逢って、夢中になってたから、谷崎なんてチビでデブで、目にも入らなかったの」

「あ、私も女学生の頃、江川宇礼雄、スクリーンで観てますよ。かっこ好かったですね」

「ホント、いい男だったわね」

「どうして江川と一緒にならなかったんですか」

「もの凄くもてて、いつも女がうじゃうじゃとり巻いてたの。それをかきわけるほど厚かましくなかった。まだあたし、若かったしね」

話好きらしく、せい子さんは機嫌よく、次から次へ話をつないでくれる。私が名刺を出すと、

「知ってるわよ、祇王寺の尼さんの話、週刊誌で読んだわよ、面白かった。テレビになったのも見ましたよ」

愛想がいいし、話のテンポが早いし、全く面白い。

いつの間にか品のいい老紳士や、マスコミの若い人たちに、ぐるりを取りまかれていた。私の席を白髪の老紳士にゆずってその場をぬけだした。


十四年も居据っていた河野多恵子が、ついにアメリカを引きあげてきたというニュースが入ってから程なく、久々の電話がかかってきた。

「……あたし……」

「お帰りなさい！　もう帰らないつもりかと思いかけていた」

「やっぱり、ニューヨークの冬の寒さは、老体にこたえるのよ。珍しく、市川の方から帰りたいと言いだして」

「それはよかった！　市川さんのお気に入りの鳴門《なると》鯛《だい》の店へ行きましょう。歓迎パーティ、三人だけでやりましょう。ええ、私が上京していいわよ。都合のいい日を教えて」

市川さんの声に替った。

「その節は、大変お世話になりまして有難うございます。おかげさまで、命拾いしたようです。鳴門鯛の店、まだありますか？　嬉しいな、お待ちしています」

夫君の方がずっと愛想がいい。

四、五日後、私たちは四谷《よつや》のなじみの店で落合った。徳島出身の店の主人が愛想よく迎えてくれる。

「お越しやす。ええと……お揃いでお見えになられたのは、何年ぶりでしょう」

「そうだ、市川さんの展覧会が、新橋《しんばし》であった時だから」

「八年ぶりだ」

市川さんがすんなり答える。二人とも白髪が目立つようになり、老けたなと思う。それが自分の老い加減も鏡に映すように想像される。同じことを感じたのか、

「いいわね、あなたは、その頭で、いつでもさっぱりして」

私の坊主頭を羨《うらや》ましそうに多恵子が横目で見る。

店の主人がいう。

「乾杯は私がパリから持って帰ったシャンパンでお願いします」

「おお、豪勢だ」

市川さんが、子供のように無邪気な笑顔を見せる。

「お帰りなさい、おめでとう！」

グラスを合わせると、多恵子が、

「今、何て云った？」

と、頓狂な声を出す。二人の女に挟まれた位置から市川さんが、私に向っていう。

「この人、耳がどんどん聞えなくなって、うちじゃ、どなり合いみたいですよ」

「補聴器は入ってないの？」

「他の音も入ってくるってすぐ取ってしまう」

「それじゃ、好きなオペラも聴けないの？」

「オペラ？　それが不思議に聴える。ニューヨークでよかったのは、オペラがいつでも聴けたこと」

オペラという言葉に刺激されたのか、多恵子が口を出した。

「普通の会話が難しくなったので、カンシャクおこしてけんかしないように、ぼくの仕事場、近くに借りたんです」

ほんとに聞えないのか、けろりとした表情で、次々出される鯛の料理に、多恵子は箸をのばしながら舌つづみを打っている。

「市川さんは目も耳もしっかりしてるようね」

「おかげさまで……でもガンがどこかの細胞に転移してひそんでるかもしれないんです。これはもう運天まかせ、じたばたしたって仕方ないですからね」

「私ももういいわ、さんざん生きたし……いつ死んでもいい」

「いやよ！」

突然、多恵子が高い声をだした。

「わたしは次のオリンピック見るんだから、死にたくない。ねえ」

多恵子が聞いたことのないような甘い声をだして市川さんを見た。

「わたしと、寂聴さんと、どっちが聞えない？」

「……引き分けかな」

市川さんが私の顔に顔を向けて、すみません、という表情をする。声を落して、

「だから心配でぼくはまだ死ねないんです。この人は、年々我がままが高じて、親類づきあいも手をぬいてしまって、もし、ぼくが死んだら、どうなるかと思って」

「思いすぎよ、認知症になってしまえば、かえって苦もなくなると言うじゃないですか」

「ぼくが昔から若く見られがちで、この人より年下に見られてしまう。でもぼくの方が一つ年上なんですよ」

「あら、そうだった？」

「あのね、中野のあなたがいたあの質屋の家ね、この間、歯医者さんにちょっと寄ってみたついでに、横町まで行ってみたら、まるで時が止ったように昔のまんまの路地で、子供が遊んでいたけれど、質屋だったあの家は、こわしてしまって空地になってた。あたしたちが借りてたお向いの家は、見ちがえるような立派なモダンな家に建替っていたわよ。そうそう徳島の叔母さんはどうされて？」

「鳴門の家でとっくに死んでます。姉もガンで……二人とも私に逢うと、天才さんはどうしてるって、あなたのこと訊いてたけれど」

半分も聞えないらしく、市川さんの膝に片手を置いて、聞き直そうとする。

「これでも仕事をする時はしゃんとするんですよ」

「そうですよ。もうそれだけが取柄ですよ」

私は多恵子の方にシャンパングラスを突きつけて、

「ねえ……」

と言って見た。多恵子は無邪気な顔付になって、

「ねえ……」

と、自分のグラスをさしだしてくる。


それから半年ほど、例によって互いに便《たより》もきかないまま過ぎていた。

「……わたし……」

という声がケータイの電話に入ってきた。河野多恵子の沈んだ声だった。

「はいはい、どうしてる？」

「市川がね、今日死にました」

「ええつ、あれから悪かったの？」

「あれから三ヵ月ほど元気で、新しい仕事場で毎日絵を描いてたの、そのうち、急に具合が悪くなって、病院へ行ったら、心臓に転移してたの、うちの近くに、病院じゃなくて、そういう人を預ってくれる所が出来てて、わたしが見舞い易いから、そこに入ってもらってたのよ。誰にも知らせなかった、ごめんなさい。……そちらで看護師さんが、明日は朝早くお越し下さいって言われて、……今朝、八時頃、見舞ったの、

そしたら、いつもより、元気な表情してて、とても大きなしっかりした声で、わたしを見るなり、『お早よう、そのピンクの毛糸のカーディガン、とてもよく似合うよ』って明るい声で言ってくれたの、聞きもらさないようにベッドの近くに寄ったら、『多、恵、子』って、とても大きな声で呼びかけてくれたの。いつもは、『おい』とか、『ちょっと』とかしか言わないのに、多、恵、子って、それは大きな声で一字ごとはっきり呼んでくれたの、嬉しかったわ。その白いパンツも、とてもいいって……ほんとにわたしの嬉しいことしか言わなかった……」

泣いてるらしく声がとぎれた。

「帰ろうとしたら、また多、恵、子、寂聴さんによろしくって。鯛めし、ほんとに美味しかったねって……」

「大丈夫？　私はまた背骨が痛くて寝こんでて、上京出来そうもない。こちらでしっかり拝んでおきます。一人で市川さんを送れる？　誰か、編集者に来てもらう？」

「大丈夫、大阪へも知らせないつもり。あたし一人で送ってあげたい。ね、多、恵、子って、それははっきり、呼んでくれたのよ。大きな声で。……ここの人たち、みんな親切なの、お葬式する場所も、ちゃんとあるんです。何も心配いらないんだから……休んでいて下さい」

「お墓の代りに奈良の春日《かすが》大社の軒《のき》に並んでいる燈籠《とうろう》にするって言ってたわね」

「あ、よく覚えていてくれて……嬉しいわ、その通りよ、もう申しこんであるのよ、……もう、オリンピック見ないでもいいわ……次の年号どうなっても知らない。わたしも平成で終りよ。聞えるのよ、あの人の大きな声が『多、恵、子、早く、おいで』って……」涙で声がかき消されていた。

それから五日後、市川さんのお葬式の写真が届いた。こぢんまりとした祭壇に、市川さんの笑顔のいい写真が飾られ、供物《くもつ》の何もないところに、私の贈った大きな白い胡蝶蘭《こちょうらん》の鉢だけがどんと据えられ、そのすぐ前にお棺に入った市川さんが眠っていた。

それはさっぱりしすぎるほど簡素な飾りつけだったが、それでいいのだろう。写真の中のお棺の中から、市川さんの大きな声が「多、恵、子」と呼びかけているのが私の耳にもはっきり聞えた。

その場に多恵子の姿のないのは、この写真を多恵子自身が撮っていたからだろう。

「お花ありがとう。どこからも貰わなかったので、あなたの豪華なお花だけでとても華やかになってよかった。市川はほんとにあなたを信頼して好きだったから、きっと喜んでる」

　そんな声を聞いていると、市川さんがまだ生きてどこかにかくれているようにしか思えない。人間はその日のあげ潮の時生れて、ひき潮の時死ぬのよというのも彼女の口ぐせだった。

譫言《うわごと》

その日の正午過ぎ、突然大庭利雄さんから電話があった。大庭みな子さんとは親しくなっていて、目黒のマンションにも、京都の比叡山に新しく出来た比叡平《ひえいだいら》という団地の別荘にも伺ったことがあり、そのどちらでもみな子さんの御夫君の利雄さんにはお目にかかっている。それでも直接電話をいただくようなことはかつてなかった。

「大庭利雄です」

とせきこんだ調子の声で告げたあと、

「変なこと伺うようですが、先程、みな子から瀬戸内さんに電話さしあげなかったでしょうか？」

「いいえ、今日はお電話いただいておりませんよ。三日前でしたわ、午後二時すぎだったかしら、長いお電話いただいたのは……」

「そうでしたか。実はみな子が電話口で倒れてしまって……」

「ええっ、倒れるってどんな？」

「受話器を握ったまま、どうっと音をたてて倒れていたんです。私は部屋で、みな子が電話をかけている声が耳に入るのを何気なしに聞いていたら、しきりに瀬戸内さん、瀬戸内さんと、あなたのお名前が聞えてきたので、瀬戸内さんにお電話してたのかと思って」

「いいえ、今日はありません。それで、みな子さんの御様子は？」

「救急病院につれてきました。脳梗塞のようです」

「まあ、それは御心配ですね、何ということでしょう、何かお手伝いできることがあれば、何でも申しつけて下さい」

「ありがとうございます、でも娘夫妻も居りますし……安静第一で、面会謝絶の状態ですから」

気がせくらしく、利雄さんの電話はすぐ切れた。

一九九六年七月十三日のことだった。その後わかってきたあの時の電話の相手は、サイデンステッカーさんだった。利雄さんがねばり強く探しているうちに、サイデンステッカーさんだと判明した。サイデンステッカーさんは、利雄さんの問に、

「ええ、あの時、みな子さんから突然電話があり、瀬戸内さんが、源氏物語の現代語

訳を刊行するから、あなたも源氏を英訳してらっしゃる方だから、瀬戸内さんを激励して、彼女の源氏が売れるよう、応援してあげて下さい。アメリカの大学なんかで講演などできるよう骨折って下さらない？　私が恩にきます。瀬戸内さんは敦賀《つるが》の女子大の学長も勤めていたんです。私の心を許したお友だちだから信用して……」

早口で喋りつづけていたみな子さんの声が突然、何かでたち切られたようにぷつんと途切れ、同時に、どさっと、重い物が落ちたような物音と気配がした。サイデンステッカーさんが、

「大庭さん！　みな子さん！」

と、何度か呼びかけたが、それっきり返事はなく、通話は切れてしまったと、サイデンステッカーさんが説明する。

利雄さんは、漸く事の次第が呑みこめてきた。みな子さんは私の源氏物語を、同じく源氏の英訳をしているサイデンステッカーさんに、協力してやってくれと頼んでくれている途中で、脳の血管がさけたのだった。医者の診断は脳出血と脳梗塞だった。

私はみな子さんの誠実さと優しさに感動し、同時に、私のために電話してくれている途中に倒れたことに、居ても立ってもいられないすまなさを感じ、みな子さんにもしものことがあれば、私も生きてはいられないと、胸がしぼりあげられるように切な

く苦しくなっていた。

私は大庭みな子さんを好きだし、書く作品にも殊の外に魅力を感じていたけれど、今度みな子さんが見せてくれたような無償の愛情を抱いていたとは言えなかった。すまなさと恥かしさで、私は身のおき所のないような切なさに責められて、何ひとつ仕事も手につかなくなった。

そんな時、中央公論社の文芸雑誌「海」の編集長だった宮田毬栄《みやたまりえ》さんが、大庭みな子さんの手術が終って、ようやく見舞客にも逢えそうだと教えてくれた。

「御一緒させて下さい」

編集長などより、女優にしたいような美人の毬栄さんは、見かけは嫋々《じょうじょう》として神秘的な雰囲気の女人だが、芯はしっかりして、男性もたじろがせる頭脳明晰《めいせき》の人だった。父上は詩人の大木惇夫《おおきあつお》。北原白秋《きたはらはくしゅう》にその才能を絶讃されて詩壇に躍り出るという幸運な出発をしている。抒情詩人としての大木惇夫の詩を、女学生の頃、文学少女だった私も白秋の詩などと共にそらんじていた。写真で見た大木惇夫は若々しく見るからに美男子でダンディな詩人であった。

大木惇夫さんにはじめて会った頃、丹羽文雄氏の「文学者」に入れてもらっているものの、まだ一作も雑誌「文学者」に載せてもらえない私は、河野多恵子のように親からの仕送りなどもなかった。

「子供を捨てて、家を飛び出すなど、見当《けんとう》（世間体）の悪いことをする者に、仕送りなどしたらわしらが世間から笑い物にされる。出て行くなら勝手に出て行け、後で泣きごと言うてきても受けつけんからな」

心のどこかで、女子大の寮にいた時のように、生活費くらいは送ってくれるだろうと当てにしていた私は、思いがけない父のきびしい言葉に、すっかり思惑が外れてしまった。姉までいつにないきつい表情で、

「何をしてもあんたの自由だけれど、何でも自分の責任でやってね。お父さんの言う通りだと私も思う」

と言う。たしかにその通りだと自分でも納得したので、その後は一切、私は生家を頼りにしなかった。生活の方法は京都から送った少女小説がすんなり採用されたり、懸賞に通ったのに味を占め、これで一応食べて行こうと決めていた。たまたまその頃、小学館の重役の浅野《あさの》さんと名乗る人が京都に見え、京大の附属病院の研究室で、ラットやマウスの世話をしたり、シャーレや試験管を洗ったりしていた私を呼び出した。なぜか四条《しじょう》大橋の真中に立ちどまって、話を聞いた。「少女世界」と「ひまわり」で手応えがあったので忘れていたが、小学館にも私は原稿を送りつけていたらし

い。何の音沙汰《おとさた》もなかったので、どうせ封も切ってくれず、屑《くず》箱に投げ捨てられたのだろうと思っていた。

橋の真中に立ち止って比叡山を見上げたりしながら、浅野氏が重々しく口を切った。

「うちは持ちこみの原稿は一切取らない方針なんだよ。きみの原稿は、ふとしたことから間違いで私の机に運ばれていたんだ。それをまた、ふとした間違いで、私が封をあけてしまった」

「あ、それをふとした間違いで読んで下さったんですね」

私は二つ採用されていたから暢気な気分になっていて、漫才のように調子に乗って口をはさんだ。浅野さんは笑いながら、

「その通り。それでだね、一応、才能はあると認めました。ただし、こんなところでぐずぐずしていてはものにならない。本気で作家になる野心があるなら、さっさと、東京に出なきゃあだめだよ。小説家でも絵描きでも、音楽家でも、名をあげるには、東京が勝負の土俵だ。出て来られるかね」

「はい、そのつもりで支度しています」

「よし、なかなか度胸が据わってるところがよろし、うちの社に来たらね、受付で、

私に呼ばれてきたから取りついでくれと言いなさい。そうでないと門前払いになるからね。あ、来た」

浅野さんが私の頭ごしに視線をめぐらせた。ふりかえると、私のすぐ背後にスマートなハンサムの粋な男が立っていた。

「ここで待合せしてたんだよ。詩人の大木惇夫さん、こちら子供ものの物書き志望の三谷《みたに》くん」

「ちがいます！　私は小説家志望なんです。大木先生の詩は女学生の頃大好きでよく暗誦しました。

　二ひきの蝶は幾山河を越えて来た、
　都会を、花を、見すてて来た、
　高く、高く、太陽を慕って昇って来た。

　二ひきの蝶は昇って昇って凍えてゐた、
　氷河のうへに死を羽搏《はばた》いてゐた、
　幾百世紀の寂寞《せきばく》に小さな影を点じてゐた。
　詩人は涙ぐんだ目で、」

「ありがとう」

とつぶやいた。低い小さな声だった。私は二人をそこに残し、河原町《かわらまち》めざして足早にさよならした。

その後も小学館の毎月十八日の原稿料支払日に詩人の大木さんと出逢うことがあったと、私は大木さんの次女の毬栄さんとも話したことがあった。

木造二階建の旧めかしい小学館の隣に集英社が建っていた。入口にキップ売場のような窓口があって、毎月そこへ行くと、書いただけの原稿料が渡されるのだった。列を造ってそこに並び、窓口から出てくる原稿料を受取る。その日は、たいていの執筆者は真直帰ろうとはせず、近くの古めかしい喫茶店の二階へたむろしてお喋りして引きあげた。浅野さんが二階の壁ぎわに坐っていて、そのまわりには、作家や詩人や漫画家の名の通った人々がたむろしていた。蔵原伸二郎《くらはらしんじろう》氏や住井《すみい》するゑさんや、大木さんが常連だった。

毬栄さんは宮田姓だった。結婚したらしく、お子さんも生れているようだった。見るからに若々しく、はじめての子供を産んだ直後の、女が生涯で一番美しくなると言われている妖艶《ようえん》さに輝いていた。文芸雑誌「海」の編集長としての毬栄さんは、私にはほとんど仕事をくれたことはなかったが、逢えばなつかしそうに向うから笑いかけてくれた。

「大庭さん、手術が終って、面会できるそうですよ、お見舞にいらっしゃいません？」

そんな電話を毬栄さんからもらって、私は喜んで一緒に病院へ見舞うことにした。てきぱきした毬栄さんを、私は全面的に頼りにした。毬栄さんの話では、大手術だったらしく、術後は、車椅子生活になるしかないという話だった。

「仕事は出来るのかしら？」

「さあ、とにかくまわりが大変らしいですよ。それに大庭さんはわがままだから、リハビリなんか絶対本気でなさらないでしょ？　利雄さんが涙ぐましいほど奉仕していらっしゃいますけど、どうなるんでしょうね」

私はみな子さんが、私のことをサイデンステッカーさんに頼んでくれる電話の途中で倒れたんだという話をした。

「そうですってね、サイデンステッカーさんがおっしゃってましたけど、電話でしきりに寂聴さんの源氏が刊行されることを言い、よく売れるように、面倒みてあげてとお願いしてたんですってね。せきこんで話すから、よくわからなかったんですって！

大庭さんが、声をはりあげて喋ってる最中に、どんと音がして電話が切れたんですってね」

「大庭さんと私は仲は悪くないけれど、そこまで心配して下さるとは全く思いがけなかったの。何だか申しわけなくて、辛い」

「大庭さんは日本の古典文学にとてもくわしいでしょう。業平《なりひら》が好きだし、清少納言《せいしょうなごん》も大好きだし、万葉もお手のものだし、それにやっぱりゆくゆくは源氏を手がけたいと思ってらしたでしょうね」

「そうね、私もそう感じてる。でも私がやってしまったから、そんなら面倒見てやろうと、義侠心を出してくれたんですよ。そんな親分気質《かたぎ》がそなわっていて、根はほんとに寛容でやさしい方なのね、でも私とサイデンステッカーさんとは一面識もないし、突然、面倒見てやれなんて、向うは面くらうだけですよ。ドナルド・キーンさんとは私、同い年で、私が一ヵ月お姉さんで、前から仲よしなんですよ。キーンさんは、学生時代、古本屋で、一番厚くて一番安い本をさがしたら、アーサー・ウェイリーの源氏の英訳本だったんですって、それで源氏の面白さと日本語の面白さがわかったんですって。若い時は狂言の舞台にも立ってるし、ほんとにもう、完全な日本人になりきられましたね、それに呆れるのは、今も、まだ外国旅行を度々なさる点ですよ、さすがに私は外国旅行などはお手あげ。東京にも、岩手の天台寺《てんだいじ》へも、もう出かけるのがしんどい。さすがにとみに老いぼれてきました。つい、二、三年前までは、『どうしてそんなに丈夫なのか』と訊かれる度、『元気という病気です』なんて答えて、相手を煙に巻いてたものだけれど、この二、三年で、年相応に老い呆けてきましたよ。人間は必ず誰だって老い呆けて死んでゆく。それが運命だと悟ってしまえば、じたばたしないですむんですよ。でも近頃のように、自分より若い人が毎日、ポロポロ死んでゆくと、つくづく世の無常を感じるわね。長命は、決してめでたいことでも幸せなことでもない。それにしても……」

電話の話は延々とつづく。

「年寄りってほんとに長電話ね、みんな自分本位になるから、相手の都合なんて考えなくなるのよ」

電話の終る度、同じことを言う私に、十六の時から私の所に来て、ずっと勤めてくれていたはるみが遠慮なく言う。

「長くしてるのは御自分ですよ。向うは切ろうとしているのに、それで……あれは……とちがう話題に移って切らないのは、庵主さんじゃないですか？　それで、病院の名も場所もまた聞いてない」

「あっ、そうだ、どうしよう、またかけ直さなきゃ」

「どうせそんなことだと思って、もう調べてます」

「ホント、ハンちゃん有能ね。みんなまわりでもそう言ってるわよ、それにちっとも年とらないって」

「この際、見えすいたお世辞は無用です」

電話と同じで、口げんかも一度始めたらきりなくつづく。それがまごうことなき老化現象だと自分でも思う。

「作務衣《さむえ》にしますか、法衣にしますか？」

もちろん作務衣と言いかけて、私はあわてて、

「法衣！」

と言う。もしかしたら、これが最期の面会になるかもしれないという想いがチラと胸をよぎったのだ。

当然、一緒に行くというのをけんかごしでことわって、私はひとりで病院に向った。

病院の駐車場に毬栄さんが待っていた。嫋々としたいつもの毬栄さんだった。

「入院室は、こちらの建物だそうですから、近道します。さっき、しらべておいた

ら、病院の建物へ入ってしまうと、廊下とエレベーターが複雑で、迷いそうですから」

毬栄さんは、てきぱきとした態度で、さっさと、本館の裏の方へ廻ってゆく。

本館の裏に入院用の大きな建物があった。

毬栄さんがメモを見ながら、

「こっちです」

と、いくつかある入口の一つへ、まっ直ぐ入って行く。私も無言で尾いていく。

建物の中はいやに薄暗かった。ひっそり閑として、人の気配もしない。廊下を一つ曲ったところで、毬栄さんが、ここだと言うように、私の体を両掌で押し、室内にいれた。明るく白い病院の病室を見馴れている眼には、壁も天井も昏いクリーム色で、これという家具のない広いだけが取り柄の部屋が妙にわびしい。金属製のベッドが、部屋のど真中に居坐り、中に白く盛り上った病人が寝ている。病人は首まで白いシーツのかかった毛布らしいものに掩《おお》われているが、首から出ている顔も頭も、ぎょっとするほど白い包帯を、何重にも厚く巻きつけられていて、あんまりその包帯の量が多いので、首から上が異常に大きく重そうに見える。

「八時間も手術がかかったそうですよ」

毬栄さんが声をひそめる。

「眠ってるのか、起きてるのかもわからない。息はしてるのかしら」

私は包帯のお化けのようなものにぐっと顔を近づけ、

「おおばさん……」

と、ひくく声をしのんで言ってみた。反応がないので、少し声を張って顔を近づけ、

「大庭さん！」

と言い直した。

「大庭みな子さん！」

更に声を張りあげた時、包帯のお化けがほんの少し動いたように思った。反射的に私はもっとぐっと顔を近づけ、

「大庭さん！　寂聴です！　たいへんなことになったわね！　ごめんなさいね！」

自分が何を言ってるのか、わからない状態で、私は思いきり、声をはりあげていた。

「毬栄です！　宮田毬栄です！」

「ま、ま、まりえさんね、寂聴さん！」

そこで声がつまったが、包帯のお化けのどこに口があるのかわからないまま、その声は思いの外、はっきりして、濁《にご》りがなかった。

「声をだして苦しかったら、いいのよ、こちらで喋るから……」

その声を無視するように、澄んだ甘い大庭さんのいつもの声が、包帯のお化けのどこからともなく聞えてきた。

「こ、う、の、さ、ん、は……」

「河野さん？」

訊き返したこちらの声を受けつけたように、

「こ、う、の、た、え、こ、さ、ん、は」

と、ゆっくり、はっきり、言い直した。

「河野多恵子さんね、はい！」

「あ、く、に、ん、で、す」

毬栄さんの躰が、ぶるっと震えたのがわかった。

「河野多恵子さんは悪人です。それで？」

「気を、おつけ、あそばせ！」

会話の中に、突然、山の手の奥様風な丁寧語をいれるのは、大庭みな子さんの癖の一つであった。

「河野多恵子さんは悪人です。気をおつけ遊ばせ」

包帯のお化けになった大庭みな子がそう言った。私は思わずあたりを見廻した。毬栄さんが赤くなり、突然、身をひるがえして、走りだした。

気がつくと、私も同じ行動をとっていた。

二人とも、ものも言わず、入ってきた扉と反対の扉から、部屋を抜けだし、遠くまでのびている廊下を一直線に走りつづけた。

若い毬栄さんに置いてゆかれまいと、私も夢中で走っていた。頭の中はまっ白だった。

膝が曲り辛い！　脚がだるい！　しびれる！　はれる！

などぐずつきだしていた日頃のぐちは、どこかに吹き飛んでいた。

廊下の尽きたところに出口があり、そこを飛びだすと、青々とした芝生が広がり、その向うに、まばらな木の立った林が広がっていた。

私たちは、「はあ、はあ」息を弾ませたまま、芝生にどたっと身を投げだしていた。

包帯のお化けの声が、執拗に空気の中を繰り返し追ってくる。

ひどい悪口を言いながら、遊ばせ言葉を使っているのが、突然おかしくなって、私は声をふき出して笑ってしまった。

「いやっ！　こわい！　笑わないで下さい！」

日頃、めったなことに動じない冷静な毬栄さんの声が震えている。

「……あれは本音でしょうか？」

「ちがいます。私たち、よくあるじゃない？　好きなのに、きらいといったり、美味しいのに不味《まず》そうな顔してみたり……って」

「でも誰が見てもお二人は堂々としたライバルですね」

「立派なね」

「あのう、失礼だったらごめんなさい……その中で、寂聴先生はどういうお立場なんでしょうか」

よく訊いた！　と言いたいところを、私は笑いでごまかした。

「さあね、二人は私を問題にしてないのよ。ただ二人とも私を、誰よりも自分を理解してくれている女の作家だと思ってたんでしょうね、確かに私は他の女の作家たちより、二人の才能を信頼してたから……そういうことは、口でいわなくても解るものなのよ。私たち物書きにとっては、自分の才能だけが、生き死にの一番重要なことだから……」

「寂聴さんはどちらの方をお好きなんですか？」

「毬栄さん、いつか、書く？　それなら今のうちに訊いておきなさい。何でも話してあげる。私は河野さんとは大方五十年ほども仲よしでいたし、一番大切な小説の話をし合ったたし、誰の目にも親友だったでしょう。でもどっちを好きかと言えば、それは大庭さんよ。だって大庭さんも河野さんも、自分が文学の才能は一番だと思いこんでいて、私のことは、土俵の外の人間だと思ってるけれど、大庭さんは決して人を裏切らない。河野さんは、平気で、平気じゃないかもしれないけれど、私は度々、相当ひどい裏切りに会っている」

「それなのに絶交しないのは、どうしてですか？」

「河野さんの文学的才能を信じているし、心から尊敬しているからよ、それに私にしか見せない、いいところもあった」

「たとえば」

「それを言えば、誰かの悪口になるから言えない。大庭さんのことじゃないのよ。河野さんはよく私に言ってた。大庭さんは、自分が、つまり河野さんが、文学賞の時なんか、ずいぶんかばって、賞が行くようにしてあげてるのに、それが全然わかっていなくて、河野さんがいつも邪魔すると思ってる！　そういうことさえ解らないで、小説が書ける？　という調子」

「こわいですね」

「それくらい人が悪くなくちゃ、小説なんて書けませんよ」

「ふう……」

「二人は私を自分たちのライバルなんて考えてない、私もそのようにふるまってきたけれど、誰の仕事が残るかはまだ、誰にもわかりませんよ」

「ふう……」

「さっきから、ふう、ふうって、おかしい」

「だって、ほんとに、ふうって言うしかないから」

「ごく最近わかったことだけれど、書きことばも、話しことばも、生命は二十年ですね」

「えっ、どうして？」

「最近、若い人の書いたもの読まされたんです。読みかけたら、全く今の若者の喋り言葉そのままで、とてもついてゆけないと思ったら、若い人に、こっちの方が、私の書いたものより、ずっとすらすら頭に入るって言われて愕然としました。よく考えてみたら、源氏物語だって、円地さんがお書きになって二十年経って私が書いている。

そのうち必ず私よりずっと若い世代の人が、新しい現代語訳に取りくむでしょう。それが出れば、若い人は当然そっちを読むに決っている。そういうものなのだと思えば、何だかすっきりする。むなしいのではなく、自分の仕事が見事な花を咲かせたと思ったら、歳月がたてば雑草のこやしになっていると云うのは素晴らしいじゃない？いのちって、いつか死ぬものなんですね、今、六十歳の毬栄さんが、自分の体重より重い本を書いてしまうかもしれない。そしていつかあなたの孫が、あなたを書く！全くあなたとちがった文体で」

私も河野多惠子も若い時は、とうてい文化勲章なんて貰えると考えたこともなかった。その頃、よく売れた漫画で、田河水泡《たがわすいほう》の「のらくろ中隊長」と言うのがあった。そののらくろがいつでも首から勲章のようなものをぶらさげて、それが彼の証明にもなり、アクセサリーになっていた。私も河野さんもそんなものは自分とは全く関係のないものと思いこみ、円地文子さんあたりがその勲章を貰って無邪気に喜ばれているのを蔭で笑っていた。その勲章を「のらくろ」と名づけてからかっていた。

ところが、私が八十四歳の時、それがいきなりころがりこんできた。重々しいその報せに私はびっくりの余り、

「お間違いじゃありませんか？　私は瀬戸内寂聴です」

と言ったほどであった。私は河野さんには、

「のらくろが来たよ！」

と笑って報告した。

その後、何年かして田辺聖子《たなべせいこ》さんが受章した。田辺さんは河野さんと共に大阪生れだった。河野多恵子は動じなかった。何年かして、夜遅く電話をかけてきた。

「のらくろは私には無縁らしいわ、ある人の話によれば、勲章は純粋に文学的なものではなく、その仕事や作者の存在が、世間の役に立ってなければならないそうよ。私の仕事はおよそ、そうじゃないものね」

つまり、自分の文学は、純粋な芸術で世間の有象無象《うぞうむぞう》に関係ない、という意味合いらしかった。それから更に何年かたち、突然、電話で河野多恵子から、

「のらくろが来たよ」

とつげてきた。「その記者会見で、昔は勲章をあなたと、のらくろと評していたと喋ったので、それはあんまりひどいから、明日か明後日《あさって》、記事になる新聞に、それを書かないよう、止めてほしいの。あなたならそれができるでしょう」と言う。私にはそんな力はないと断ったが、やはり心配で、夜通し眠らないであらゆるつてに電話を

して、中止しようと努力した。

かつて彼女が、私の日本芸術院の会員になるのを邪魔したと聞いたのは、そのことが終って、二年もすぎた時だった。芸術と名のつくことの大好きな私は、その時ばかりは腹をたて、河野さんに電話で文句を言った。

「だって、あなた、左でしょ。常々そんな発言ばかりしてるじゃない。だから、あの人はきっと断ります、すると芸術院に傷がつくから止めた方がいいと、私、選者の一人に言ったのよ」

どこに文句がある？　という云い分だった。私はその時の怒りも二年もすれば、すっかり忘れて、また彼女の長電話を辛抱しながら聞いていた。

河野さんが、内心ずっと気にしていた文化勲章をついに受章した時、市川さんは、もう亡くなっていた。

奴隷

大庭みな子は、頭の手術が終った後からは、身体が不自由になり、車椅子と共に動くしかなくなった。車椅子を押すのは、夫の利雄さんの役だった。風呂も食事も、着替えも、トイレも、利雄さんなくしては不可能だった。利雄さんは、身体不自由になった妻が、あらゆる場面で、自分の手助けを必要とすることに、むしろ喜びを感じている様子だった。

背の高い利雄さんは、妻のみな子さんの車椅子に取りつけられた機械の一部のように、丹念にしがみついているので、いつの間にか、長身の背骨がまるく前かがみに曲ってしまっていた。

気儘《きまま》で、およそ健康の為の努力など、一切したがらないみな子さんは、リハビリが大嫌いだった。いくら嫌いでも、これだけの大手術の後に、絶対欠かせないリハビリを、みな子さんは、

「いやだ、きらいだ」

と宣言して、一切やろうとしなくなった。その為、体の動きも手脚の動きも一向に良くならなかった。

何度か、見舞う度、言葉は大方、元にもどっていたが、いつでも広いベッドの上に横たわっていた。見舞客が来る度、利雄さんがみな子さんの上体を抱きあげて、ベッドの上につみ上げた枕やクッションにもたれさせ、客と話がしやすいようにする。六十代後半に入った女性の肉体は、見るからに重そうで、左半身不随になったみな子さんの身体をかかえあげるには、大の男の利雄さんでも、

「うん」

と息をつめ、全身の力を出しきっていた。その介抱を受けるみな子さんは、それが当然のような涼しい顔をして、少しでも自分の身体を軽く動かし易いようにしようとする気くばりもない。

たいてい、みな子さんを見舞う時は、講談社の文芸局長だった天野《あまの》敬子《けいこ》さんが一緒に行ってくれた。天野さんは、女性でその地位まで登りつめた有能な編集者で、私の現代語訳源氏物語の出版を決意し、実行してくれた度胸のある人で、私にとっては恩人だった。小柄で可愛らしいので、そんなお偉いさんとは一見誰も気づかない。地理

オンチの私が、浦安《うらやす》の、同じ型の大きなマンションの建ち並ぶ一画の中から、大庭夫妻の住いを探しかねるのを承知の上で、いつでも自分の行く時、声をかけて誘ってくれるのだった。

二人が訪れると、みな子さんは不自由な躰一杯に喜びをみなぎらせて、私たちから少しでも多く娑婆《しやば》の話を訊こうとして、重い上体を乗りだすようにする。

三十七歳で芥川賞を、「三匹の蟹」によって受賞して以来、書きに書いた末、身体不自由になってからも、利雄さんが病妻に口述筆記で作品を書かせていたそうだ。言葉も出し難くなっての口述筆記とはどんなに困難だったことだろう。

私たちが見舞うと、必ず近所のホテルの中華料理の店へ行き、御馳走してくれる。みな子さんを車椅子のまま、丸いテーブルに着けると、利雄さんに細々世話を焼かせながら、病妻は私たちよりはるかに食欲があって、もりもり食べる。

「この食欲だと、まだまだ書けますね」

と私が利雄さんに言うと、嬉しさをかくしもせず大きくうなずくのだった。

ある時、どうしてか天野さんの都合が悪くなり、私ひとりで見舞ったことがあった。よその建物に迷わぬよう、利雄さんが、建物の外に出て待っていてくれた。

私をみな子さんのベッドの脇に案内すると、利雄さんは病院へ薬を取りに行くと出ていった。二人きりになったことは、みな子さんが倒れて以来初めてのことだった。

二人になるのを待ちかねていたように、みな子さんはいつにない堅い表情を私に向けて、低い声でつぶやいた。

「もう、死んでしまいたいのよ。こんな生活。わかるでしょう？　生きていたって何にもならない……でも、利雄がね、あんなでしょ？　私に死なれたくないって泣くんです。利雄の為に、ただ、彼だけの為に、今、生きてるのよ。書けない作家なんか、さっさと死んだ方がいいのよ」

「そんなこと言わないで。ずいぶん良くなってきてるじゃないですか、大庭さんはきっとまだ書けます、『寂兮寥兮《かたちもなく》』みたいな傑作、また書いて下さい。あれは、どんなに面白かったでしょう、興奮して河野さんが電話かけてきて、三時間くらいあれについて喋りましたよ」

「ふ、ふ……」

「『あの催淫力《さいいんりょく》の強いタンポンのこと、あれはきっと、ほんとにあるのよ。大庭さんに頼んで見せてもらって欲しいわ、あなた、頼んでよ』

河野さんが珍しく興奮して、ああか、こうかって想像してた。でもあれは、あなたの空想の産物でしょ」

「ふ、ふ……」

ついにそれが、実在したものか、空想の産物か、作者は笑いにごまかして白状しなかった。

大庭夫妻の夫婦関係は、河野夫妻に劣らない、他人の想像を踏みこませない尋常でないものだった。

利雄さんは学生時代から化学を専攻した人物だったのに、いつの間にか妻の影響のせいか、文学にも並々でない理解力を示すようになっていた。

みな子さんが作家になってからは、習作、創作のすべてを、原稿のまま利雄さんに読ませていたが、芥川賞受賞の「三匹の蟹」だけは利雄さんには見せていない。見せなかったのは、作中のホテルへ入る桃色シャツの男との出逢いを告白し難かったのだろうと、利雄さんはさらりと感想文の中に述懐している。更に彼の告白した文中には、みな子さんの学生時代、子供まで宿しておろした男や、深い仲になった別の男も何人かいたことも白状している。みな子さんには、わざと利雄さんが見るように、彼等の手紙を目につく所に置いたりする癖もあった。利雄さんはそれを見ても見ないふりをしたり、全く意に介さない様子をつづけたりしたと告白している。要するに結婚前から、みな子さんの性の自由を認め許していたことになる。

みな子さんはアラスカ時代も、子供を利雄さんの許に残して家をあけて、アメリカの大学に入ったりしている。その時も男友達は次々いたようである。結婚後、作家になってからも、酔えば同性として見ていられないような、なまめかしい媚態《びたい》を、同席の男作家に示すことがよくあった。

しかし、それを悪いとも恥しいとも本人が思っていないので、酔ったみな子さんが、どんなに色っぽい姿勢になって、男の作家や編集者にしなだれかかっていても、子供が肉親の大人に甘えているように、無邪気に見えることもあり、けろっとした感じで卑しい雰囲気にはならないのが、不思議であった。

みな子さんの死後、利雄さんは「最後の桜　妻・大庭みな子との日々」という本を、河出書房新社から出版している。まさに亡くなった愛妻との幸福だった日々の追憶本で、それはそれより四年前、二〇〇九年五月から二〇一一年四月に刊行された「大庭みな子全集」全二十五巻（日本経済新聞出版社刊）に収録された利雄さん自身の「回想解説」を、再編集し、追記・加筆・訂正をしたものだそうで、より読み易くなっている。

「大庭みな子全集」全十巻が一九九〇年から一年がかりで講談社から出版されているが、日本経済新聞出版社から二度めの全集としてみな子さんの歿後、出版されたのは、全二十五巻のものであった。二度も全集の出版される作家は数える程しかない。しかもこの二度めの「大庭みな子全集」は、外国からの注文が多く、日本でも前の十巻よりはるかに勢よく売れたと噂されていた。この全集には、利雄さんとの恋文も、みな子さんがすべて保管してあったものが編まれている。

全集のあらゆる頁には、利雄さんの丹念な想いと作業が情熱的に捧げられている。彼の愛に支えられた奴隷的奉仕がなければ、この大部の全集は完成しなかっただろう。

二人の出逢は一九四九年七月で、静岡駅の改札口だった。列車から降りてきたのは四人の津田塾《つだじゅく》の学生で、その中にみな子さんがいた。当時は椎名美奈子《しいなみなこ》と呼ばれていた。利雄さんの親友の妹の学友だった。妹を兄が招いたのに、友人の娘が三人ついてきたという次第だった。

初対面のみな子さんに、利雄さんが即、惚れこんだわけではなかったらしい。利雄さんの告白によれば、その後、東京から送られてきたみな子さんの礼状のハガキの文面に、利雄さんの恋心が一挙に燃え上ったらしい。

大庭みな子は字が美しく、原稿を、特別あつらえの和紙の原稿用紙に筆で書くと噂されていた。

目黒のマンションにはじめて訪れた時、小机の上に塗の古風な硯箱があり、中に父上ゆずりだという使いこなされた端渓《たんけい》の硯と、由緒あり気な古墨《こぼく》と高価そうな筆が入っているのが目についた。

まさか、あの大部の原稿のすべてを毛筆書きしたとも思えないが、毛筆書きのそうした原稿も実際にあったことは確かなことだったのだろう。ふっくらした上品な達筆文字のはがきの礼文も、気が利いていたのだろう。

そのはがきに一目で心を奪われた利雄さんは、それ以来、毎日のように文通をはじめ、全くみな子さんに心酔してしまった。

知りあって六年後、二人は一九五五年には結婚して船橋《ふなばし》市の大神宮で式を挙げている。爾来《じらい》五十二年間の結婚生活を共生した。生れた女の子優《ゆう》は、アレルギー性滲出《しんしゅつ》性体質で、痒《かゆ》がって自分で体をかきむしろうとする。泣き叫ぶのを全身包帯でぐるぐる巻にする。それでも赤ん坊は痒さの余り、いつでもぴいぴい泣きわめく。

実は、私も赤ん坊の時から、小学校に入《つ》ってても同じ病で、両親を困らせていた。夏の夜などは蚊帳《かや》の中にハンモックを吊り、ほとんど裸の私をハンモックに入れ、父がその下に寝て、両脚をあげて、ハンモックをゆすってくれていたという。その実感は覚えていないが、歩けるようになっても、ちょっと虫にさされただけで、すぐおできになり、膿《う》むので頭の髪の毛の中でも足の裏でも痒くて痒くてたまらなく、いつでも頭に臭い薬を塗りつけて大げさな包帯をしていたので、みっともなく、臭く、級友もよりつかなかった。ただ、勉強ができたため、どうにか面目を保ち、いじめられずに通学出来た記憶がある。

優さんは親たちと、アラスカに転地したとたん、嘘のように痒みがなくなったということだが、私はいつおできが出なくなったか覚えていない。町の旧い漢方医は、月の物が訪れるようになれば、体質が変り、ぴたっとこの病は治ると言ったそうだが、女学校に上ってから、痒みで泣かされた記憶は全くないから、その予言は当ったのだろう。

第一子の病気の看病に疲れ果て、苦しんだせいで、大庭夫妻は第二子を産むのが怖くなり、子供は一人で止めてしまったとか。大庭夫妻と、親しくつきあいながら、優さんの幼い頃の病気のことについて、一度も聞かなかったのを残念に思う。もし、それを聞かされていたら、私は二、三日でも話しきれないほど、様々な薬や療法や、苦心談がつきなかったのに。

「娘は父親びいきですよ。私よりずっと父親になついています」

「どこでも長女は父親の宝だそうよ。うちも姉と二人姉妹だけれど、父は姉が絶対可愛いらしい。その分、母は姉より私を可愛がってくれたような気がする」

「みなさん、そうおっしゃるわね。でもうちは、利雄が、自分の将来を捨てて、全面的に私の秘書役をして奴隷的奉仕をするのを娘は見てきて、そんな父親を可哀相に思ってるのよ」

「だって、利雄さんは、みな子さんの奴隷になることが幸福な人なんだもの」

「そう言って下さるのは瀬戸内さんだけよ」

「いつだったか、利雄さんと二人の時、そんな話になって、利雄さんはみな子さんに全身をささげて尽しているのが幸福なのね、って言ったら、とても嬉しそうな笑顔でうなずいてましたよ」

「でも娘にはそうは見えないのね」

「お嬢さんは、とても頭がおよろしいのですってね」

「まあ、ね。でも私は彼女をやっぱり小説家にしたいのよ」

「あなたの娘さんだもの、きっとその才能が伝わっていますよ。それに利雄さんだって、科学者だとおっしゃるけど、あなたの名秘書ぶりを見てたら、文学も並々でない素養がおありじゃないですか」

「努力家だから」

「才能は努力で生れも育ちもしませんよ。小説が書けたり、音楽や絵や彫刻にすぐれているのは、一に才能、二に才能、三に才能、四に才能よ……」

みな子さんは顔をくしゃくしゃにして笑いだした。

「才能があれば、放っておいてもその気になるでしょ。でもうちの娘は、つとめて、そうなるまいと用心してるのよ」

「何に用心するの？」

「私がそうさせようとする誘惑に！」

「ああ、それは、あなたの才能には敵《かな》わないと、勝手に決めてらっしゃるのね」

「だまって小説を書けばいいのに……ね」

「小説家をそれほどいい職業と思ってられるの？」

みな子さんは、驚いたように目を大きく見張って私の顔を見つめた。

「あなた、そうとは思わない？」

「私は小説家になるために、家も子供も捨ててきたから……うしろめたさが今も抜けない」

「まあ、そうなの……今でも？」

「はい。今でも」

「そうは思わなかったわ、いつも明るいから、そういうことは、すっかり心の中で片づいていらっしゃるとばかり思ってた」

「こんなことは時間で片づくことじゃないみたいよ」

「そうか……寂聴さん、今、男は？　いる？」

「みんな死んでますよ」

「その後よ」

「今のところ、いない」

「それはつまらないわね、たしか……私より……」

「八歳上よ、河野さんより四歳上よ」

「岡本かの子は死ぬまで男いたって、『かの子撩乱』にあなた書いてらっしゃるでしょ」

「かの子は五十歳前に死んでますもの。外科医だった新田亀三《にったかめぞう》さんを取材した時、かの子は死ぬまで女でしたって言いましたよ。だって五十歳ならまだ充分女でしょう。一平《いっぺい》と新田とかの子と三人で最期は暮していたんです。その年の暮にどうしても油壺《あぶらつぼ》の温泉にゆきたい、それも一人で行きたいと言いだして、新田が温泉へ送って行ったんです。新田が引きあげた後、若い男が来て、かの子と二人でいたそうです」

「そこでかの子が脳溢血おこして倒れたんでしたね」

「そう、男はびっくりして、す速く逃げ出して、結局誰だか今もってわからない。でも私がしらべた時、有名な左翼の闘士だったとか」

「その名前わからないの？」

「決定的証拠がない」

「あのね」

みな子さんの頬に皮肉なような微笑が浮んでいる。

「はい、なあに？」

「利雄は私の奴隷になって仕えてくれてるけど、私もそれには充分感謝して、お返しはしてるのよ」

私はみな子さんが何を言いたいのかわからず、にんまりと、謎のような微笑を浮べた白い顔を見つめていた。

「私、わがままだし、あくまでも自分本位だし、いい奥さんじゃないけど、男の好む女としては、ずいぶんこれでも努めているつもり」

ようやく私にも、みな子さんの言わんとすることがわかってきた。

「セックス？」

「そう、いつでも私の方からねだってやります。私の躰はもうぼろぼろなのよ。娘時代は結核じゃないかって、人に想われるくらい、細っそりしてたの。笑っちゃだめ、今はこんなおデブだけどほんとなんだから。それが年が経つにつれ、肥ってきて、両親が糖尿病の家系どうしで結婚したから、私も年をとるにつれ、糖尿病に苦しめられ、三日にあげず、血圧の高さで頭痛がひどかったり、目が廻って立っていられなかったりしてた。子供の時から腺病質で、小学生の時は疫痢《えきり》にも感染しているし、女学生になってからは盲腸《もうちょう》をこじらせて死にかけています。結婚してから、アレルギー性滲出性体質の子供を産んで、夜も眠れない日がつづき、あげくの果に、卵巣嚢腫《のうしゅ》の手術をしてます。アラスカへ行ってからは、好きな肉食に満足して大食しているうちに、たちまち肥満が始って糖尿や高血圧の兆しが現れてくる。

その上、四十二歳の暮に子宮筋腫が発見され、摘出手術。子宮を失うということは、女性にとって一大事でしょ。ところが、それだけですまないで、次は乳癌で、右の乳房をなくしてしまった。

手術の跡で私のおなかなんか雑巾《ぞうきん》みたいよ。およそ、女の魅力はすべて失われたって状態……それでも私の情緒や感覚はまだ女そのもので、結構瑞々《みずみず》しいのよ。努力するわけじゃなくて、心から、体の芯から利雄を需めることができたの……人間の、いえ、女の肉体って、そんなに強いのよ。利雄はそんな私の肉体をいとおしんで、それはそれは優しく扱ってくれました。利雄も私もお互いに相手の奴隷になることが幸せだったみたい。私の命はもうそう長くはないと思うの。いいえ、慰めてくれなくていい、頭が呆けない前に死ねたらそれでいい。今はもう口述筆記で、私が喋るのを利雄に書いてもらってるけれど、この舌が廻らなくなれば、万事お終い。死ねば利雄がきっと追悼文を書くでしょう。あなたにだから言うけれど、利雄は、今では私より筆が立っています。私の過去に書いたものは何から何まで全部読んでいるし、いつの間にか大家の文芸作品も読み通しているし、凄いものですよ。今ではもう、どんな原稿でも私はすべて利雄に読んでもらってから、編集者に渡しています」

「わかりました。利雄さんがあなたの跡を追わないよう見張っています」

「ああ、だから、あなたが好きなの。わかってね、この気持！」

死ぬまで女性でありつづけようとする大庭みな子の述懐を受けとめ、私の九十近い老体にも何やら、艶っぽい華やぎが滲《にじ》みだしてくるようだった。

みな子さんは利雄さんの献身的な看病に守られて、車椅子で外出する程に恢復《かいふく》していた。

見舞いに行くと、その分利雄さんの負担が大きくなるので遠慮するようにしていた。

後に利雄さんの書いたものの中に、この恢復期にも、みな子さんは、私の源氏物語のことを気にしてくれていて、利雄さんとの話題に上らせていたとある。みな子さんは古典文学については私より委《くわ》しく、特に伊勢物語が大好きで、あんな小説を書きたいと口癖に言っていたという。また、万葉集にも目がなくて、わかり易い万葉の歌の解説本もある。枕草子も愛読書だったらしい。そんなみな子さんが源氏物語に興味を抱かぬ筈はないと私は思っていたら、やはり、最後には源氏物語を自分流に訳したいと思いつづけていたと述懐していたという。それなのに、自分をさしおいて、源氏の現代語訳をしてしまった私に対して、何の偏見も拘かず、成功を祈ってくれ、サイデンステッカーさんに電話してくれたり、意識がもどっても、そのことを気にかけつづけていてくれたと、利雄さんの文中にあった。ほんとに肝っ玉の大きな女人だった。

病院でのあの河野評を果して覚えているだろうかと、一度ちらと訊いたことがあるが、照れた表情をして、

「なあんにも覚えていない」

と言った。毬栄さんとも私はあの件については二度と話していない。

大庭夫妻は伊豆に別荘を持っていて、そこでいくつもすぐれた小説を書いているが、晩年滋賀の比叡平という団地の中に家を借りて、一年ほど住んでいた。その時、京都在住の私は、歓迎の挨拶のつもりで、とことこ、そこへ訪ねていったことがある。小ぢんまりした家で、庭など、まだ仕上っていなかった。見るからに簡素な暮しぶりで、本も、みな子さんの十巻本の全集だけしか置いてなかった。二人の話の途中で、二階で陶器づくりに熱中していたとかの利雄さんが降りてきて、機嫌よく歓待してくれた。この夫婦は、私と同じで、一所《ひとところ》に定住出来ず、常に居を移す放浪の性《さが》があるのだなとおかしかった。

一九九六年七月十三日、サイデンステッカーさんに私の源氏の件で電話している最中に倒れた時は、出血が脳髄液《のうずい》を脊髄《せきずい》に流し出す出口を塞いだので、脳内の圧力上昇を押えるため、頭蓋骨に穴を開けて管をいれられた。十日ほどしてやっと血の塊《かたまり》が取れたと思ったら、その管を脳に入れた処置のため、細菌が入って、脳髄膜炎を起こし、さらには眼球内菌炎という奇病に院内感染をして、失明の恐れが出たり生死の境をさ迷ったが、運よく恢復したという利雄さんの文章を写していても、私は怖《おそろ》しさに体が小きざみに震えてくる。運よく恢復したものの脳の混乱は一年近くもつづいていて、利雄さんに向って「利雄を呼んでください」と言いだす始末だったとか。わざわ

ざ呼鈴を鳴らさせてから、

「はい利雄がまいりました」

と病室へ入ったりしたと、みな子さんの死後聞かされた。

ほんとに、想像以上に大変な病気だったのだなと思うと、その混乱した病中の頭の中でも、私の仕事を気にかけてくれていた優しさに頭をさげずにはいられなくなる。

「本当はもう死んでしまいたいんだけど、奴隷になって尽してくれる利雄の為にだけ、生きているのよ」

とベッドで身を横たえたまま、つぶやいた、みな子さんの切ない表情を思いだすのである。


私は大庭みな子を本質的に「詩人」だと感じていた。みな子さん自身が自分をそう思いこんでいたと、利雄さんの文中に見つけた時は、自分の批評眼も大したものだと、低い鼻が高くなったような気がした。この詩人は常に純情な血を頭の中にためている。随筆も詩も好きだが、大庭みな子の書く、広島の原爆の時の短い随筆には、何度読んでも泣かされる。原爆の落ちた翌日、女学生だったみな子さんたちが、広島の被爆地へゆき、地獄のような状態の中で死体の整理をさせられたという。そのことを淡々とした筆致で書いてあるから、かえってその時の恐しい状態が身にしみてくる。

ある時、みな子さんが、さり気なく言った、

「あの時の作業で、私の体も被曝してるかもしれないいんですよ。私の体が次々、こわれてゆくのは、そのせいかもね……被爆者手帳も、貰えるそうだけど……」

その声も、表情も、あまりに淡々としていたので、かえって躰が震えたのを忘れられない。

二匹の鹿

河野多恵子と電話で文化勲章の受章の件を話した時、

「市川さんが生きてたらよかったのにね」

と思わず言ったら、河野多恵子は、つぶてのような固さと速さで、

「こんなもの、市川は全然認めてないから、ふんと言うだけよ」

と吐きだすように言って、私を驚かせた。河野多恵子がオペラをレコードで聴いている時の恍惚の表情が、こよなく可愛いと私に告げた時の、市川さんの甘い優しい表情を思いだし、妙な気分になった。彼女が文化勲章をずっと心の底で意識しつづけていることを誰よりも識《し》っているつもりだった私は、なぜ今、こんなバカにした口調で、そういうことを私に向って言うのか、全く理解出来なかった。そんなにバカにしてるものなら断ればよかったのに！　咽喉まで出かけた言葉を私はどうにか呑みこんで、その場を過した。

圧迫骨折で入院したきり動けない私は、いつの時も、河野多恵子の病室に、誰よりも早く駈けつけていた過去の日のことを想いだしていた。私の従妹《いとこ》の娘で、長く私の秘書をして貰っていた怜子《れいこ》に、私の代りに河野多恵子の入院している病院を探して、見舞いに行ってくれと頼んだ。花を贈っても、おける広さの病室かどうか見てくるように、私の病気のこともくわしく説明するようにと頼んだ。

返ってきた彼女の返辞は、

「病院でとてもよくしてもらってるようよ、普通に喋れるし、そんなに悪くないみたい。こっちの方がよほど重症よ。若い作家や編集者がよく見舞っているそうだし」

というだけで、私の知りたいことは、さっぱり要領を得なかった。部屋も広いけれど、病室に花はどうかなということだった。

「私の病気のこともちゃんと話してくれた？」

「もちろん。でも、別に反応はなかった」

私の訊きたいことは一向に話さないので、私は不機嫌になり、電話を切ってしまった。

まだよく電話が一方的にかかってきた頃のある夜、多恵子は電話の中でちょっと声を落して言った。

「ねえ、ほんと言うとね、これは二人だけの内緒話だけど、もう私、書きたいことないのよ、みいんな、書いちゃった。今はかすかすよ、ほんと、いつ死んでもいい」

「私だってそうよ、七十年も書いてきたんだから、もう書くことないの当り前よ」

ふたりの笑い声が同時に受話器の中にこだまし合った。彼女は突然、ちょっと固い声になって言った。

「ところで、あなたのお墓はどこになるの？　徳島？　京都？　岩手の天台寺？　どこも欲しがるでしょ」

「天台寺に二百、同じ型のお墓造って売りだしてるから、そこに決めてる。天下一、安いのよ。土地つきで四十五万、永代供養《えいたい》なら五十五万、よく売れて、もう十六しか残っていない。あなたはずっと前、河野家は曹洞宗《そうとうしゆう》だから永平寺《えいへいじ》につくるっていってたわよ」

「うん、でも気が変った！　奈良の春日大社知ってるでしょ」

「ああ、いい神社よ、堂々としてて」

「あそこの軒にずらりと燈籠が並んで下ってるの知ってる？」

「さあ、覚えていない」

「軒下一杯に信者の寄進した燈籠が吊してあるの、それに名前を書いてもらえばいいお墓になると思わない？　灯が入ったらそれはきれいよ。いつもは灯はついてない。市川が好きで一緒に見に行ったけど、ほんとにきれいだった。つまり、その燈籠に、市川と私の名を並べて書いて貰うの」

「ふうん！　もっとバタ臭いことを考えてるのかと思った」

「そうね、死ぬ時は、大好きなオペラを聴かせてもらいながら逝《い》きたいわね。その時の曲も決めてる。ベルディの〈ナブッコ〉という曲がいいの、ユダヤ人の囚人たちの歌う男女の混声合唱が、たまらないのよ。ベルディは自分の葬儀は質素にするようにと遺言したけれど、柩《ひつぎ》の行く先々で、それを送る群衆の間から、自然に〈往け、わが思いよ〉の合唱が湧き起ったそうよ。私はメトロポリタンと東京で、その舞台を一度ずつ見ただけだけれど。もうたまらないの、〈ナブッコ〉はＬＰ、ＤＶＤ、両方持ってる。これ以上の逝き方はないと思う」

「遺言に書いておかなきゃ」

「頼んである若い人たちがいるの。それを聴きながら、うっとりこの世を去りたいのよ」

「わかった！　あなたのことだから、それをやってくれる若いファンもいるのでしょう」

「大体、あなたはそそっかしいから、道を歩く時は、ゆっくり歩きなさい。転んで道路で死ぬこともあるから、つとめて転ばないようにね。占いでは転んで死ぬとでているのよ」

大真面目な顔でよく河野多恵子は私に忠告した。四歳年下の彼女は、当然私より長く生きるつもりだった。私の葬式は自分にまかせておけと、よく言っていた。

いつでも私は戌年生れで、自分は寅年生れで、占いでは戌と寅は合性がとてもいいから、仲がいいのは当り前だと、言っていた。

ところが最近何となく私は彼女から拒否されているような気がして、もう病院の彼女を案じないようにしようかと思いはじめてきた。私が案じないでも彼女は毎日若い女性作家や編集者に見舞われているらしい。山田《やまだ》詠美《えいみ》を元々大の御贔屓《ひいき》の河野多恵子を、詠美の方でも心から慕っているようだ。山田詠美の新作が出る度、河野多恵子は興奮した時の疳高い声で電話をかけてきて、

「今度の詠美さんの小説、とてもいいわよ。あ、もう読んでくれた？　ね、いいでしょ。あの才能、どこまで伸びるのかしら、大物よね」

と上ずったような声で一気にいう。そんな時の電話は例によって三時間を越す。同

年に近い同性の作家では佐藤愛子《さとうあいこ》が好きだった。愛子さんとは、共に関西育ちなので特に気が合うらしい。彼女の随筆もよく読んでいた。特に、同居しているお孫さんを大好きらしく、

「あの子は一かどの人物ですよ。愛子さんはあの子のおかげで、ずいぶん慰められている」

とほめちぎるのだった。いつでも、

「あのね、愛子さんから電話もらってね」

と私に電話をかけてくれれば、また三時間は受話器を置かさない。こちらが締切の仕事にうなっていようが、ひっきりなしの督促の電話で困りきっていようが容赦なしだった。私は彼女の、

「わたし……」

という名乗りの声を聞いたら、とたんにペンを放し、受話器を取り、下腹に力をいれて坐り直す。

他の人に言う時には、

「寂聴さんがまた長電話かけてきてね……」

と枕にするそうなのだ。詠美さんも愛子さんも向うから電話を貰ったと話の枕にさ

れるが、二人とも河野多恵子に自分からかけたことはないと笑っていた。

病気で寝こむ前のそんなある日、いつもにない改った顔をして、

「どうも……長々とありがとうございました。この際、一応清算させていただいた方がいいと思って……お互い、いつ死ぬかわからないし……」

「死ぬのは占い師が、私の方が先に、道でこけて死ぬといったんでしょ」

「まあ、それはそれとして……長々ありがとう。利息は全くつけてません。借りた金額だけでまけておいて」

さしだされた札束の厚さに私はびっくりして、肩をひいてしまった。

アメリカで市川さんが、急性のガンになった時や、おこたっていた税金が、日本からどっと押しかけて来て、手のつけようがない時などに、急な処置として私から送ったものであった。私は返してもらうつもりはなかったのでびっくりした。私の心の底には、あの、命をこの夫妻に救ってもらった恩を忘れたことはなかったからだ。

「これがなかったらあの時、どう切りぬけていたかわからなかった……ありがとう」

「どう致しまして、命の恩人へのお礼のつもりだったのに」

「は、は、実はね、万一、ノーベル賞でも貰う時、こんな借金してたら、肩身がせまいでしょう。昔の武士がいつでも首を洗って敵を待ってたように文士にもたしな

みがあるから」

「ああ、そうか、そういう時の為、身のまわりをきれいにしておきたいのね。はい、はい、では喜んで返していただきます。今度はノーベル賞ね」

二人は漫才のように軽くやりとりして、札束を手から手に移動させた。

ほんとに河野多恵子がノーベル賞をとったらいいな、とるかもしれないな、と私は本気になっていた。

その時、大庭みな子のベッドに半身起した姿態が浮んできた。

「瀬戸内さん、私、もう生きていたくないのよ、前のように書けないんですもの、書かない大庭みな子なんて、この世にいても仕方がない。ほんと！　早く死んで楽になりたいの、でも利雄が、あんなに必死になって、私を生かそうとつとめてくれるから、彼に悪くて死ぬに死ねないの……」

マンションのベッドに寝たまま、天井を仰いで、ため息をついているみな子さんは、利雄さんの行き届いた手入れで、存分に咲ききっている花のようにきれいだった。

「マッサージもパックも利雄がしてくれるの、もう私は何ひとつ自分のことができないのよ。顔も洗えない、歯も磨けない。ほんとに早く死んであげれば利雄が楽になるのに」

「そんなこと言わないで……利雄さんひとりのために生きていてあげるのも悪くないと思う。利雄さんは、あなたの面倒見るのが何より幸せなのよ」

そう言って慰め励ましながら、逢う度毎に、急速に老けて見える利雄さんの身になれば、みな子さんの言うように、みな子さんが死んであげる以外に、利雄さんは介護の苦労から解放されないのではないかと、胸の奥では思ったりするのだった。利雄さんは髪の毛に白いものが目立ってきたし、長身で脚が長く、スマートだった体は、ずっとみな子さんの車椅子を押すようになってから、いつとはなく背が丸く曲ってしまっている。本来わがままなみな子さんは、利雄さんの為に生きていてやっているという気分があるので、いっそうわがまま一杯にふるまっている。

たまりかねて、人をやとったこともあるそうだが、どんな女がきても、ベテランと自称する程、みな子さんの疳に障って、すぐやめさせてしまうので、結局利雄さん一人が面倒を見るしかないようであった。

利雄さんの献身的な妻への奉仕、介護のつとめ方を見て、感動しない女などは、この戦争に敗れた日本にはひとりも居ないかもしれない。

みな子さんが半身不随になってしまってからは、みな子さんの面倒を自分ひとりで見ることが、利雄さんにとっては何よりの生甲斐であり、心の芯からの喜びであるようだった。

ある時、私は能楽堂へ、観ておく必要のある新作能の観能に出かけた。その能楽堂の観客席は入口に近い席が一段高くなっていて、マスコミの人たちがそこに集っていた。私もその席に呼ばれて、与えられた席に坐った。その時、私の視線の正面の一般席の中程に、車椅子を押した人が入ってきた。長身のやせ型の男性で、車椅子の人は、足首まである派手なドレスを身につけた女性だった。二人とも中年というより初老に近い雰囲気だった。

男が女を車椅子からこわれ物を扱うように細心の注意をこめて抱きあげて、観客席に移す時、私は漸く気づいた。それは大庭みな子さんと、夫の利雄さんだった。

みな子さんは脳梗塞を患い、半身不随になって以来、浦安のマンションに引越して、二人でひたすら療養生活を送っている。私たちがお見舞いに訪ねて行くと、必ず近くのホテルの中華料理を御馳走してくれた。その時も、ベッドからみな子さんを抱えあげて車椅子に運び、それを利雄さんが押して、移動するのだった。私たちが恐縮すると、利雄さんは、

「みな子がここに来て以来、これが、唯一の楽しみで、喜ぶものですから、つきあっ

てやって下さい」

と言われるのだった。車椅子を押す利雄さんの長身の背は、見るからに丸くかがんでいた。脚が長くやせぎすで、背広のびしっと似合う魅力的な紳士だった頃を識っている私たちは、思わず同伴者と見合せた目を伏せてしまうのだった。

まさか浦安から、東京の能楽堂まで観能に出かけてくるなんて……。

走っていって挨拶をすべきか、それは目立ちすぎてかえって迷惑をかけるかと迷っているうちに舞台に能が始っていた。

休憩の時間になると、利雄さんがそそくさと立ち上り、人目もはばからずぐったりした軀《からだ》を、利雄さんの正面からしなだれかかるようにしがみついたみな子さんを、車椅子に坐らせ、廊下の方へ出ていった。後を追う勇気が、人目をはばかって、私にはその時出なかった。

無理と解っていて、利雄さんはみな子さんの、能を観たいという要求をどうしても叶えてやりたかったのだ。日頃の全く自分を無くして、みな子さんのどんな要求をもみたしてやろうとする利雄さんの、徹底的な忘己利他《もうこりた》の奉仕の精神を、目の当りにして、私は感動で身震いがとめられなかった。

私の後ろの席に女優さんたちが、三、四人いて、みな子さんたちに気がついたらし

く、

「あれ、大庭みな子さんと、旦那さんじゃない？」

とひそひそ言いだした。

「すごいわね」

「どっち が？」

「旦那さんに決ってるでしょう。あれくらいの年輩の男って、とても見栄が強いのよ。それなのに大庭さんの御主人って、全くそれがないみたい」

「みな子さん、自分の状態がわからないのかしら、小説家のくせに」

一人が前にいる私に気づいたらしく、「しいっ」と、黙るように止めたらしい。私は無関心を装って身動きしなかった。

「もうほんとに死んでしまいたいのよ、ただ、利雄の為だけに生きてやってるの、全身が麻痺しても、口がきけなくなっても、ぼくが守るから生きていてくれって言うんです」

乾いた目で天井を睨《にら》むように見あげたまま、みな子さんが私に告げた声が、さっき聞いたように自分の耳によみがえっていた。

それから半年か一年、経っていただろうか。

誰かの何かの受賞パーティで、私はホテルのロビーにいた。広いロビーの次の間が式場になっていて、その戸口はまだ閉っていた。式の始まる時間にはまだ早く、人々は入口のまわりのロビーにざわついていた。その時、ざわめきが急にしんと静になり人々の目が私の背後に集った。振り返ると、人々をかきわけ車椅子が近づいている。乗っているのはロングドレスの大庭みな子さんで、車を押しているのは、見るからに手入れのゆき届いた背広姿の、粋な利雄さんだった。

みな子さんは、顔をあげ、正面をきっと見ていた。しかしその眼は群衆の誰の顔にもそそがれていなかった。利雄さんも伏目にならず、正面を自然に見ていた。

その時、群衆の列がざわついて、その中から見覚えのある女性編集者と、一人の男性が人をかき分けるようにしてあらわれた。今、書斎から飛び出してきたようなラフな身なりの男は、小説家の小島信夫《こじまのぶお》氏だった。小島さんは、その場にいる大勢の人の群など全く目に入らないように、子供が大好きな玩具めがけて飛つくように、全身の力で走ってくると、車椅子のみな子さんに突進し、腕をあげのばしたみな子さんの手を摑みとるようにして、握りしめた。まわりの群衆など、一切二人の目から消えているようであった。みな子さんが愕きと喜びを固くなった上半身いっぱいに表すのと、小島さんの両眼に涙があふれたのが同時だった。その小島さんの泣顔を、車椅子を手にしたまま正面から見下している利雄さんの表情は動かなかった。群衆はしんとしてその小説の一場面のような情景に息をのんでいた。

小島さんの短篇集「こよなく愛した」は、出版社が選んだ七作品に小島さんが「こよなく愛した」を入れるように命じ、本の題までそれになったという。作家大庭みな子に対するラブレターのような作品だった。女性の編集者の幾人もの人から、二人は公然の恋人どうしだと聞かされた。

「もちろん、利雄さんは御承知で、平然としてらっしゃる。あの夫婦はわからないわ……」

口々にそんな意見を聞かされた。

その後、小島さんも倒れて意識のないまま横たわっていることになり、それを聞いたみな子さんは、小島さんのラブレターの返信のような短篇「風紋」を、口述ではじめた。それを文字にする仕事は、利雄さん以外にはなかった。もちろん、二人の仲はプラトニックだが、万一、二人が健康で、情熱的な二人の間にセックスが可能だったとしても、利雄さんは平然と許しただろうか。私は「最後の桜」という利雄さんの、亡き妻への愛惜集を読みながら、世にも珍らしいこのつれあい同士は、おそらく、健康な時から、互いの性の自由を認めあっていたのだろうと察した。

みな子さんの病状が急変したと知らせてくれたのは、今まで、いつも大庭みな子さんのお見舞に誘ってくれていた講談社の天野敬子さんだった。二〇〇七年五月二十四日の朝だった。

戸口のベルを押すと、すぐ内からドアが開いた。たたきから見通しになっている部屋の入口近くの床の上に布団がじかに敷いてあり、その上に顔に白布のかかったみな子さんが仰向に寝かされていた。枕元に坐った利雄さんが、目を私たちに移し、頭を下げた。顔の白布を取り、利雄さんが無言で私たちにみな子さんの死顔を見てやってくれというようにうなずいた。天野さんと私は、遺体に近づき、まるでただちょっと目を閉ざしているだけのようなおだやかで、美しいみな子さんの顔を見つめ、掌を合せた。

「今朝早く亡くなられたそうです。利雄さんの腕の中で」

誰かがつぶやいた。普通死体の側《そば》にある線香などはなく、寺の僧侶の来た気配もなかった。縁の近い親戚の人たちの集りのように見えた。次の瞬間、私は利雄さんの膝元に進んでいた。

「利雄さん！　死んではだめ！　あとを追ってはだめですよ。あなたはみな子さんの文学の遺業をまとめて、世に残す仕事があります。跡追いしてはだめですよ！」

私の目にはそこにいる人々の姿はすべてかき消えていた。利雄さんだけしか、私の目の中にはなかった。気がつくと私は利雄さんの膝に自分の膝を突き合せるようにして喋っていた。落着いた利雄さんの表情は動かず、軽く私に頭を下げた。天野さんが、背後からそっと私の肩を抱き、私の興奮をなだめてくれようとしていた。

後、どうしたか覚えがなかった。やはり落着いた表情の優さんから、お礼を言われたように思うが、はっきりしたことは覚えていない。

今朝、いつものように利雄さんがみな子さんのベッドの中で目を覚ましたら、みな子さんはもう息をとめ、おだやかな表情で死を迎えていたのだという。広いその部屋の向うの壁ぎわにみな子さんがいつも寝ていたベッドがそのままあった。

私は涙を一滴もださず、天野さんと帰路についた。

「興奮して我を忘れてたのかしら、へんなことして……喋って……」

「いいえ、よく言ってあげました。ほんとに利雄さんは跡追い自殺くらいする人ですよ」

「……でも、いつかこういう日がくるんですよね、あのまま同じ状態がつづいたら、利雄さんが倒れていますよね」

「……ほんとに……でも、利雄さんは、あの状態が嬉しくって、幸福だったんでしょうよ」

「たしかにね……」

後で利雄さんから告白されたことだが、みな子さんは、結婚後、様々な病気をした。後半年で喜寿《きじゅ》というところで死亡したが、結婚前から肉体は弱く、子供時代から腺病質で、学校をよく休んでいた。両親から糖尿病の体質を受けてもいて、結婚前は四十キロに満たないやせ型だった。結婚後すぐ出産したものの生れた女の子優さんはアレルギー性滲出性体質で、痒がって、みな子さんを夜も眠らせなかった。そのうち卵巣嚢腫の手術をしている。アラスカに渡ってから肉食のせいで肥満になった。三十九歳で日本に戻ってからも糖尿や高血圧になり、一九七二年暮、子宮筋腫が発見された。芥川賞受賞者として、病気が話題になるのを恐れ、アメリカへ渡り、ロサンゼルスで手術を受けた。その手術で子宮を失った。それでもみな子さんは人一倍女性的なのか、あくまでその後も女性でありつづけたと、夫の利雄さんは告白している。男女の仲は、セックスによって愛が高められるものか、愛によってセックスが高められるものかわからないと利雄さんは書いている。

また、セックスの記憶は永遠だとも利雄さんの告白がある。子宮も片方の乳房も手術でなくしたみな子さんが死ぬまで、利雄さんにその体で利雄さんにセックスをせがんでいたという事実は凄じい。

　みな子さんは巻紙に美しい毛筆の遺言を残していたと利雄さんが伝えている。それは自殺者の遺言としか思われないものだったらしいが、それを書いた時、仕事の面も家庭内も平穏で、自殺をしそうもない頃だったという。利雄さんは不審がっているが、私が見舞う度、心の底からしぼり出すような切ない声で、

「死にたい！」

と言いつづけていたみな子さんの声を思いだすと、私は思ったより早く死んだみな子さんの死は、何かの恩寵《おんちょう》だったような気がしないでもない。

　墓などいらないと遺言していたというみな子さんの墓を、利雄さんは、浦安の寺のごくありふれた墓地に簡素なものを建てている。あたりは同じ型の平たい簡素な墓が並び、表面には、彼女の最後の傑作で、代表作になった「寂兮寥兮」（かたちもなく）が彼女の字で刻まれている。墓地の向うは海だという。

　河野多恵子は、時々入院して手術したりすることがあったが、普段は案外健康だっ

た。ある年、アメリカから小説の選者の役で帰っているといって突然電話があった。

——わたし——

夜の八時過だった。

「久しぶりね、どうしたの？　選考会で帰ってるんでしょ」

「飛行機に乗り遅れて泊ってるの」

「ふうん、そんなこともあるのね」

「めったにないけど、あるんよ」

「…………」

「あのね、いつか、ほら、お墓の話したね」

河野多恵子は春日大社の燈籠を二人の墓の代りにしたいと言うのだった。

「夜、灯が入ったら、それはきれい！」

「毎晩灯がつくの？」

「ううん、節分とお盆だけだって。何しろ千基もあるんだって。今も年に十基くらいは奉納されるそうよ」

そんな話を以前聞いたことも忘れていた。

入院している河野多恵子の病室に、なぜか金色の燈籠があり、その一面に鴛鴦《おしどり》の図があった。何にするつもりかしらないけれど、美しいものだった。病人に訊いても薄ら笑いをしただけでそれについて何も話してくれなかったと、見舞った文芸雑誌の編集者が、自分の同人雑誌に書いているのが目についた。それを見たとたん、いつか電話で聞いた春日大社の軒の燈籠の話を思いだした。

河野多恵子は、今度の病気で死ぬつもりだなと思った。

彼女が以前からその作品も人物も大好きな山田詠美が、現在の結婚の相手と二人で屢々《しばしば》病院へ見舞い、車椅子に多恵子を乗せて散歩に連れていっているなどというニュースも入ってきたが、河野多恵子から私には、ぷっつり音沙汰はないままであった。

落着いて死を待っている河野多恵子の心情を、彼女らしいと思い、それにしても一度くらいお互いの死ぬ前に、電話で話くらいしたいものだと思った。その焦りの下から、死ぬのは、私の方が早いかもしれないと思い、ひとり笑いだしてしまった。もう死にたい、死んだ方が増しだと口癖のように言っている最近の自分を考える。河野多恵子より四歳年長の私が先に行く。おっちょこちょいだから道で倒れて死ぬというのが彼女の予言だった。

春日大社の燈籠に灯が入ったところを一度見てみたくなった。といっても、この間に再び入院し、病院に一ヵ月もいて、最後に心臓の手術までして、ようやく退院後間もない私は、まだ一日の大方ベッドに横になって、廊下を歩くことさえ出来かねていた。とても奈良まで行く体力はない。そんなことを独り思い悩んでいる時、まるでそれを知っているように、一通の封書が届いた。芦屋《あしや》の住所の人の名は河野光《こうのひかる》とある。如何《いか》にも几帳面《きちようめん》な人らしい律儀な字が整然と並んだ表書に見惚《みと》れながら封を切った。

手紙を引きだすと、名刺がくっついて出てきた。

京都の名の通った私大の理工学部教授とある。

河野多恵子の甥だと名乗り、市川さんの絵の展覧会を、市川さんの生地の豊川《とよかわ》で初めて開きたいから、私に市川さんに関する文章を書いてほしいという依頼状だった。

河野多恵子は常々大阪の親類づきあいは面倒だからと殆んどしていない。ただ甥が二人、大学の教授をしていて、その人たちとだけはつきあっているなど言っていた。その甥の一人が、若いのに病死したと落込んでいたのを覚えていた。手紙は生き残ったもう一人の甥からなのだろう。まるで刷り物のような几帳面な手紙の文字を繰り返し読み直しながら、そう言えば河野多恵子が、市川さんの絵の展覧会を彼の生地の町でしたい、その後、その町に絵はすべて寄贈したいと言っていたのを思いだした。

私はすぐ申しこまれた文章を書いて送った。その礼やら、展覧会開催で一日に千人以上も見物人が入って大成功だったという報告などは、甥御の妻女から届くようになった。彼女は、電話を使い、はきはきした口調と、明るい朗らかな声で、てきぱき要件を伝えてくる。私はたちまち矢須美《やすみ》というその人が好きになった。

豊川の展覧会の絵の中には、四十代くらいの私の有髪の肖像画もあった。市川さんがその絵を気に入っていて、どうしても私に売ってくれなかったものだった。その理由を、いつだったか多恵子から聞いた。

「あの絵はどこから買いに来ても売らないって。理由は、あの時、あなたは四十代後半の頃で、あなたの一番女らしい、いい顔の時だからって……ずい分買手があったらしいのよ」

それを聞いた瞬間、私の裸の全身をこの夫妻の目にさらした朝のことを想いだした。

「これで市川のお母さんに顔が立ったでしょ」

河野多恵子のちょっと自慢する時の、少し鼻にかかった声が、私の耳許にするようであった。

「叔母はこの展覧会を開くことに、それは情熱をかけておりました」

情熱という言葉をさらりと使う矢須美さんの若さに私は益々彼女に好意を持った。

「ああいう偉い人は親類じゅうに居りませんし、あまり愛想のない人ですし、みんな遠巻きにしておどおどしています」

明るい声で言うので、そんな話も暗くならなかった。親類の誰も河野多恵子の小説は読みたがらない。

「何しろ難しいって言うんです。私はどこまで解ってるか怪しいけれど、雑誌に出る度読んでいます。本も、叔母から、うちへだけは、ずっと送ってくれます」

私は矢須美さんと電話で話すのが楽しくなってきた。

そのうち、矢須美さんから、河野多恵子が病院で死亡したという電話が入った。平成二十七年一月二十九日だった。呼吸困難が死因だと言う。とうとうあの長電話も聞えないまま、彼女は独りで地図のない旅に出発してしまった。

私は多恵子が市川さんの死ぬ前日、見舞った時、市川さんが大きな声で、彼女に嬉しい言葉ばかりを言ってくれたという話を矢須美さんにした。ピンクの毛糸のカーディガンもよく似合っていると何度もほめたという私の話を聞くなり、電話の矢須美さんの声が弾んだ。

「ああ、よかった！　実は、叔母はお棺に入れる時、必ずこれを着せてくれと、ピンクの毛糸のカーディガンを私に渡してたんです。お棺に入れる死人には白い着物を着せます。それを親類の女たちが手わけして、枕元で縫うのが、うちの町の習慣です。

でもあの叔母の言い付けを守らないようなこわいことは出来ません。わたしはピンクのカーディガンを着せた叔母をすぐ棺の蓋でしめかくしました」

「お化粧は誰がしてあげて？」

「あ、それは私がさせてもらいました。病院では、とても濃いお化粧を自分で毎日、念入りにしてましたから」

「それは喜ばれたでしょう」

私はまだ人にすがらないと歩けないので、お葬式にも行けなかった。この世で最後に話したのは、結局あの、文化勲章の時の「のらくろ」の話だった。

「ころばないでゆっくりおいで！」

河野多恵子の耳の不自由な者独特の、大きな声が聞えてきたように思って、私は目を熱くしていた。

それから半月ほどして、矢須美さんから、春日大社の燈籠の写真が幾枚も送られてきた。燈籠の型や、各面の飾絵や字などがはっきり解った。

鍵のついた一面の扉には、真中に「市川宏《ひろし》　多恵子」と並んで書かれていた。市川さんは「泰《やすし》」という名を使っていた。アメリカでは「ヘンリー市川」と名乗っていた。しかし戸籍名は「宏」だったのだろう。

灯の入った燈籠の隣の面には、鴛鴦《おしどり》ではなく、二匹の鹿が仲よく寄り添って並んでいた。内についた灯に照らされ、それらの字や絵はくっきり、いきいきしていた。「奉寄進春日社　二世安楽」という字もあった。

夜、すべての燈籠に灯がつき、闇の中に灯のついた燈籠が浮び上っている美しい写真もあった。

「ね、きれいでしょ、明るいでしょ。いいお墓だと思わない？」

多恵子の大きなしっかりした声が、私の耳許で大きく叫んでいた。一行一行、一字ずつ選りに選った字で作品を書く河野多恵子らしい試みであった。

燈籠の写真を見たことに刺激され、私はどうしても実物を見たくなった。まだ足許がおぼつかないが若い秘書のモナのぴちぴちした腕にすがって、春日大社に行くことに決めた。講談社から、「群像」の連載につきあってくれている編集者の島田《しまだ》さんと、書き終れば本にしてくれるという出版の美田《みた》さんが同道してくれることになった。

何ヵ月か、久しぶりの外出で不安の方が強い。無事歩けるかどうか。

昨夜私は久しぶりで河野多恵子の甥の妻女の矢須美さんに電話した。明るい屈託のない声が、気持よく受話器に伝ってきた。

「お元気ですか？　新聞でお風邪《かぜ》を召したというエッセイを見て、とても心配してました」

「ありがとう。九十五にもなると、風邪もしつこくて、なかなか治らないのよ。でもずっと気にかかってるから、例の春日大社の燈籠の実物、明日見てこようと思って」

「まあ、お御足大丈夫ですか？　私も駈けつけたいのですけれど、明日は主人と出かけなければならなくって」

「もちろん、そんなこと思ってません。ただ、もう少し、燈籠の件で、御存知のことがあれば、教えていただきたくて……市川さんも多恵子さんも、どういう関係で春日大社と縁が出来たのですか」

「ああ、それは、私の里の父が春日大社に基盤を置く、南都《なんと》楽所《がくそ》の楽頭《がくとう》だったのです。その縁で、市川さんが春日大社に詣《まい》り、とても気に入って好きになられたようです。それで市川さんの亡くなった後で、市川さんの〈冥福向上〉を祈願する燈籠を奉納したいというので、ああいうことになりました。多恵子叔母は、市川さんと自分のお墓の代りだなど言ってましたが、平安時代から始って今すでに千基ほどある釣燈籠は、みんな生きてる人たちが現世の幸せを祈るためのもので、お墓代りではありません。多恵子叔母は、そんなことにかまわず市川さんと自分の〈冥福向上〉を祈願のためにと、いち早く燈籠を奉納しました」

「ありがとう、おかげで、よく事情がわかりました」

市川宏さんの冥福向上を祈願する燈籠の奉納日は、平成二十七年一月十一日だった。

この日、河野多恵子は体調を崩し奈良まで行くことが不可能になってしまった。その代役として、矢須美さんの弟さんが参列したそうだ。彼は多恵子にも可愛がられていたので、自分の代理を彼がすることを多恵子も認めた。

弟さんが当日の式典の一部始終を、写真や動画にして持ち帰り、河野多恵子に見せたら、非常に喜んだという。

市川さんの跡を追うように、思いがけない速さで河野多恵子は逝ってしまった。目の前に迫っている年号の替りもオリンピックも目にしないまま。

四歳年上の私より自分は後に死ぬと、日頃言いつづけていたのに――

「次の年号が知りたい。何としても日本でやるオリンピックだけは見たい」

が、口癖だったのに。死ぬ時はベルディの「ナブッコ」を聴きながら逝きたいといつも言っていた。「〈往け、わが思いよ〉の合唱に送られたら最高だわ」と。また、別のところでは、「主よ御許に近づかん」の讃美歌は曲も歌詞もとてもいい。いかにも安らかに成仏出来そうだといい、自分の死ぬ時は、この歌を歌って送ってねと若い人たちに頼んである。などと、書き残してもいた。

奈良へは昔は春夏秋冬何かにつけてよく行ったが、ここ十年近く行っていない。車椅子を持ってモナにすがってタクシーで行く。思っていたより遠い感じ。

モナは奈良へ行くのは、

「これまでの人生で一回か二回……」

という。

「昔は京都より、ずっと寂《しず》かで幽玄でよかったんだけどなあ……」

文句を言っているうちにもう奈良公園に入っていた。道という道は外国人の観光客で埋められている。鹿まで行儀が悪くなって、人ごみに頭を突っこんでくる。モナは腰を浮かして、

「わあ、かわいい。寂庵でも鹿飼いましょう。ほらあの目のやさしいこと！　うちの愛犬ヨルルと遊んでくれそうだわ。おせんべいやるってセンセの小説にあったでしょ、おせんべ買いましょうよ」

「春日大社についてからよ」

先導してくれるつもりで編集者の二人は、前の車に乗っている。のろのろとしか走れない人ごみの中を、やっと抜けて、春日大社に着く。あれ、と、私は心につぶやく。私の覚えていたつもりの春日大社と全く様子がちがうのだ。私の記憶の中の春日大社は山ぎわにあって、広い広い前庭は、草ひとつ生えてなく、テニスコートが二つ並んでいるようで、その右側に前庭に負けない長い朱塗りの社《やしろ》がえんえんとつづいているような風景だった。

現実の春日大社は、車を乗り捨てなければ境内《けいだい》に人れないほど人で埋っていた。車椅子をモナに押してもらって人ごみをかき分けて行くと、私の記憶とは全く似ても似つかぬ、複雑な建物が聳《そび》えている。社殿がいくつも重なりあって、どれも真紅に塗られている。下見に来ている島田さんが案内役になって複雑な建物の通路をすいたどってくれる。よく車椅子を持ってきたものだと思う。とてもこの人込みを車椅子なしでかきわけてなど進めない。

ついに車椅子を預け、モナにすがりつきながら進む。前方ににこやかな顔つきで待ってくれる洋装の女人がいる。

「学芸員の松村《まつむら》さんですよ」

美田さんが教えてくれる。松村さんの案内で、そこからは建物の中へ入って複雑な通路をたどっていく。まるで竜宮城へ来た浦島太郎のように、ただただ驚きながら、異界のさすらい人になる。白衣に袴をはいた神官が背後から来て、河野多恵子の釣燈籠へ案内してくれる。やがて本殿の中央らしき所に自分が立っていることを感づかされる。

廊下から明るい外へでると、下から仰ぎ見て拝む拝殿の軒下に並んで燈籠が下っている。神官が恭しく燈籠に灯をつける。私の衣の袖にすぐふれる場所に、思ったより大型の燈籠が下っていた。

「これです、よく御覧下さい」

と神官が言う。そこには金色の、どっしりした燈籠が下っていて、例の二匹の鹿のいる隣の扉の真中に、

平成二十七年一月二十九日帰幽　享年九十歳
市川多恵子　命
冥福向上
作家筆名　河野多恵子

と書かれていた。享年九十歳というのは数え年であろう。多恵子は私より四歳年下の寅年で四月生れであった。あんなに長生したがる人だったのに！　可哀相に、と思う下から、それにしても最後の最後まで、相思相愛の市川さんと、この世で睦《むつ》み合えたことだけでも、河野多恵子は幸せな一生だった。結局私と彼女が会話を交したのは、例の「のらくろ」の一件が最後ということになる。

本殿の軒にずらっと下った燈籠を見上げながら、これ等のすべてに灯が入った時の美しさを想像するだけで、身震いが出そうであった。

そこから案内されたのは、別棟にある客殿らしかった。茶菓のおもてなしを受ける。そこへお出ましになったのが、見るからに堂々とした春日大社の花山院弘匡宮司《かさんのいんひろただぐうじ》様であった。

第六十次式年造替《しきねんぞうたい》を見事になしとげられたお方であった。温顔ににこやかな微笑をたたえて、相手の瞳に視線を据えて話されると、頼もしくて、ほっこり心がゆるんでくる。宮司様は、私の体調が悪く、車椅子を用いていることを聞かれていて、今日の無理がたたらないかと訊いて下さった後で、一層笑顔をひろげながらおっしゃった。

「河野さんは、ほんとに、燈籠をここへ納めたことを喜ばれましてね、ある時、私におっしゃったんですよ、この寄進の話が決ってから、文化勲章が来たと。燈籠のお蔭だと、それはそれは喜んでおられたですよ」

「ええっ、そうでしたか」

私は上の空で答えながら、それこそが、彼女の本音だったのだと、わっと叫びたくなった。「のらくろ」の話のとき、私は一晩中、あちこちへ電話をした苦労をありありと思いだしながら、笑いが腹の底からこみあげていた。受賞の少ない私が、三人の中で一番早く文化勲章を受けたことに、無関心ではいられなかったのだ。もし彼女が生きてここにいたら、

「やあい！」

と言いながら思いきり背中をどやしつけてやったのにと、おかしくなった。

「それを聞かせていただいたのが、私が今日お詣りした御利益《ごりやく》なのですね」

宮司様が、大きくうなずかれて、笑みを顔一杯にほころばされた。

「群像」に連載のこの小説「いのち」を、私は途中で三ヵ月も休載させて貰った。病気を次々して、入退院がつづき、最後には全く予期しなかった心臓の手術までして、命が終るかと思ったほどであった。

この五月十五日で、私はついに満九十五歳になってしまった。九十一歳から、毎年のように、躰のどこかが悪くなるのは、長生《ながいき》の罰だと思っていた。長生など、私の願望のどこにもなかった。

二十代からずっと書くだけで食べてきたので、七十年も作家だけの生活がつづいている。親しくしてくれた作家たちも、殆んど死亡してしまった。今、人気を得ている女流作家たちは、私の娘か孫のような人が多い。

本は四百冊ばかり書いたものの、ベストセラーなど出たこともない。こつこつ書きつづけて、つい、三年ほど前までは、徹夜を二晩つづけても平気だった。人より早く歩くのが自慢だった健脚も、今はすっかりたどたどしくなり、車椅子を使っても当然と見られるようになってしまった。私には利雄さんはいない。これから、ひとり仲間から取り残されて、私はどんな晩年に臨むというのか。

マスコミの人がしらべてくれたら、二十年前、八十万枚書いていたという。今では二百万枚書いているかもしれない。背骨がまるくなり、目も片目しか見えなくなり、ペンを持つ指の骨も曲ってしまった。

この連載も入院が多く、はじめて何度も休載した。これまで七十年間に一度だって休載なんかしたことはなかったのに。

もう大きな恥をかかないように、自分から筆を断つのがかっこいいのではないかと思いながら、未練らしくまだ書いている自分がわからない。

この世で小説家仲間として最も親しかった河野多恵子と、大庭みな子が、私を残してあの世に去ってしまったことの悲痛さがひしひしと身に沁《し》みる。

早く私もあちらへ行き、三人で一晩中喋り明かしたいものだ。

もしかしたら、この連載の最後の回は、書けずに未完に終るのではないかと、ひそかに案じていたのに、どうにか最後まで書きあげた。

七十年、小説一筋に生き通したわがいのちを、今更ながら、つくづくいとしいと思う。あの世から生れ変っても、私はまた小説家でありたい。それも女の。

解説　老骨に残りし花の

伊藤比呂美（詩人）

文芸の世界のルールではどんなに尊敬する相手であってもさん付けで呼ぶのが普通ですけど、寂聴先生だけは違いました。

初めてお会いしたのは二〇〇八年、先生は八十六歳で、私は五十三歳。対面して、しばらくお話しして、ああどこかで会った、こういう存在にと考えていったら、セコイア国立公園で見上げた数千歳の巨木の存在に思い至りました。それでもうそのときから、ご本体は私の半分くらいしかない小さい方なのに、先生としか呼びようがなかったのです。

さて『いのち』です。

ここで読み取れるのはまず、九十二歳の肉体に襲いかかる数々の苦しみ。それに抗《あらが》い、戦いながら、肉体がこれまで向かい合ってきた、今も向かい合うしかない、やめられない「書く」という行為。そして「女流作家」たち。そのむき出しのライバル心、人が人に投げられるとは思えないほどのすさまじい言葉の数々。ふつうの人ならしなくても、河野多恵子《こうのたえこ》なら、あるいは大庭《おおば》みな子《こ》ならするだろう、して当然という言葉たちです。

それを私たちはびんびんと感じ取り、先生もそれを伝えたくて書き始めたんだと思います。

河野多恵子一九二六年〜二〇一五年（八十八歳）
大庭みな子一九三〇年〜二〇〇七年（七十六歳）
そして瀬戸内寂聴一九二二年〜（二〇二〇年現在は九十八歳）

ところが、計算が合わない。

最初の章に「私は今、すでに九十二歳になっている」と書いてある。最後の章に「この五月十五日で、私はついに満九十五歳になってしまった」と書いてある。初出を見ると、「群像」の連載は二〇一六年四月から翌二〇一七年七月まで。九十二歳で連載を始めて九十五まで書いていたわけじゃないんです。

私は真面目に、先生の年齢をかいた付箋《ふせん》を貼《は》りめぐらしながら読んでいったんですが、そのうちにわけがわからなくなって、付箋を取って捨てた。

冒頭こそ若い秘書のモナが出てきて、寂聴先生本人と生身のやりとりをするのですが（ぜんぶ読んでからそこを読み返すと、いったいここの部分はほんとに生身なのかどうかわからなくなるのですが）、次第に本人の存在はモナがそばにいる今から離れていく。死んだ作家たちが生きていた頃との境目がなくなっていく。たとえば、この「ライバル」という章の冒頭。

河野多惠子がニューヨークに暮している間、私は源氏物語の現代語訳に熱中していたので、歳月の経つ実感がなかった。後に多惠子に訊くと、彼女がニューヨークに行ってから十四年の歳月がすぎていたという。そんな長い間、遠く離れて暮した実感がないのは、彼女はアメリカから原稿を送っては、文芸誌に時々その作品が載っていたからだった。始終かかってきていた長電話はないにしても、ニューヨークで市川さんと仲好く暮していると思いやると、自分の心まで、のどかになっていた。

アラスカから帰国した大庭みな子が、突如彗星のような現われ方をして衆目の的になってしまった。「三匹の蟹」という作品は芥川賞を取り、批評家はこぞって絶賛した。

河野多惠子がニューヨークに行ったのは、彼女が六十六歳、つまり一九九二年の頃。一方、大庭みな子のデビュー作「三匹の蟹」は一九六八年だ。九十老婆には五十年前の話も二十年前の話も同じなのかもと思いつつ、これは、小説として、わざとやっているとしか思えない。生きている人と死んだ人、記憶の心の痛みと今の肉体の痛み。錯綜《さくそう》している。貼っていた付箋を取って捨てたのはこの辺《あた》りでした。

老婆がひとり、「私は今、すでに九十二歳になっている」とか「私はついに満九十五歳になってしまった」とか言いながら、死んでしまった人の記憶を語る。ありましたね、日本の古典文芸にこれに近いものが。

人々の死にざまが周囲にあふれる。人がどう死んだかを見つめ、どう生きたかを見つめる。人々はすでにほとんど死んでいるから、後は思い出すだけ。

名作『場所』も、まさにこの、見つめ、思い出す目で書かれたものだった。でもあのとき寂聴先生は七十代で、歩き回り、他人と積極的に関わっていくだけの体力があった。関係を構築し組み立てる体力があった。しかし今、寂聴先生の肉体は、あちこち機能しなくなっている。

老いた人に聞いたことがある。八十をいくつか過ぎた頃から頑健《がんけん》な人でも身体の機能ががっくりと衰える。自分もそうだったとその老いた人は言いました。でもそこまでたどり着くと、それまで見えていなかったものが見えてくるそうだ、自分はまだそこまでたどり着いていない、真に強い人だけが、そこに行ける、それを見られる、と。

まだその年に到達していない私たち、早く死んだ作家たちが、まだ見ていない風景を、今、先生は見据《みす》えているのだった。

さっき九十老婆という言葉を使いましたが、これは寂聴先生ご自身が、宇野千代《うのちよ》一八九七年〜一九九六年（九十八歳）のことを書くときに使った言葉。

卒都婆《そとば》小町、関寺《せきでら》小町、姨捨《おばすて》、それから檜垣《ひがき》といった、能舞台の九十九髪《つくもがみ》の老婆たち。あのシテたちも、動かない身体をひきずりながら、今まで見えてなかった風景が見えるようになっていたのだろう。寂聴先生の言葉ひとつから、つるつると、ひろい日本の古典の世界に導かれていく。

さて『いのち』です。

話はまず、寂聴本人が、胆のうガンの手術から帰るところから始まる。

九十老婆の宇野千代。ガンで死んだ高見順《たかみじゅん》のようにガンで死んだ江國滋《えくにしげる》。それからガンで死んだ男たちの話が続く。寂聴文学の読者ならば馴染《なじ》みの男たちで、「最期《さいご》まで売れない小説家だった年上の男」小田仁二郎《おだじんじろう》は舌《ぜつ》ガン、「家庭を捨てる原因になった若い男」は涼太《りょうた》で肺ガン、五十二歳の寂聴がくも膜下出血を起こしたとき「たまたま見舞いに来てくれた男」井上光晴《いのうえみつはる》もガンで死に、そして四国の姉もガンで死んだ。そんなことを考えていると、背中と腰の激痛に襲われる。痛みどめの薬で朦朧《もうろう》とした中で、里見弴《さとみとん》一八八八年〜一九八三年（九十四歳）の最後の対談のときの声を思い出す。

「死は無！」

寂聴先生は河野多惠子と大庭みな子の文学を高く評価している。くり返し出てくるその意見ではありますが、もっとくり返し出てきて、よりいっそう切実で、こちらが揺さぶられるのが、では自分は？　というところでした。

「あんたは、全く自分の才能を見きわめていない。比べる相手のいない才能があるのが自分では一向に解っていない」と小田仁二郎に言われる。

「つまり、二人ともわたしのことを同じ土俵にはあげられない小者《こもの》と思ってるからだ」と寂聴先生は思っている（二人とは河野と大庭）。

「（河野・大庭・瀬戸内の三人の中で）寂聴先生はどういうお立場なんでしょうか」と若い編集者に訊かれて先生は答える。

「さあね、二人は私を問題にしてないのよ」

よく訊いた！　と言いたいところを、私は笑いでごまかした。

文化勲章（寂聴先生はとっくにもらった）をなかなかもらえない河野多恵子がこんなことを電話で言う。

「勲章は純粋に文学的なものではなく、その仕事や作者の存在が、世間の役に立ってなければならないそうよ。私の仕事はおよそ、そうじゃないものね」

つまり、自分の文学は、純粋な芸術で世間の有象無象《うぞうむぞう》に関係ない、という意味合いらしかった。

それで寂聴先生は問い続ける。自分の文学はどうか。いいのか。ほんとにいいのか。いいのだと信じていいのか。自分はだれか。

何度も何度もいろんなかたちでくり返し、その問いかけがあんまり奥の方にこびりついているので、答えが一向に出てこない。その上寂聴先生は小説にこだわりすぎていて、自分の大きさも広さもわかってない。それで『私は私で、私流の生き方で、自分の道を切り開くのに余念がなかったので、そのことにこだわって考えこむようなゆとりはないのであった」と言いながら、いつまでも書き続けなければならない。

ギリシャ神話にこういう人たちがいました、プロメーテウスとかシーシュポスとか。ずっと苦しみ続ける。しかしその先生の苦しみも、大庭みな子の怖ろしさ、そしてその向かいにある河野多惠子の怖ろしさの前に、かき消されてしまう！

「包帯のお化けのようなもの」と脳梗塞《のうこうそく》の大手術の後の大庭みな子の様子が、先生によって書かれる。遠慮も何もない、見たままに書かれる。それからただ向かい合う。

「こ、う、の、さ、ん、は……」

「河野さん？」

訊き返したこちらの声を受けつけたように、

「こ、う、の、た、え、こ、さ、ん、は」

と、ゆっくり、はっきり、言い直した。

「河野多惠子さんね、はい！」

「あ、く、に、ん、で、す」

つい数日前に寂聴先生と電話で話をしたんですが、今また新しい小説を構想しているとおっしゃっていました。数年前に、今また新しい小説を構想しているとおっしゃっていたときのとは違う構想でした。

この本を見てもわかるように、九十五歳の人の書く小説は、四十一歳（夏の終り）や五十七歳（比叡）の人の書く小説とは違っている。

小説の形すら取らなくなっている。

半分伝記で、半分思い出で、半分記憶で、半分現実で、自分というより他人のことが書いてあって、他人はたしかに実在したのだけど、（若いときのあのすばらしい伝記的な小説群とは違って）取材をかさねて作り上げたその人ではなく、寂聴先生の記憶の中にだけ存在するその人である。

こうも言える。寂聴先生その人が老いるとともに、その筆致もまた老いている、でもそのために、すっかり逸脱できているのだ、と。小説という枠から。くくりから。枷《かせ》から。不自由さから。

昔、巣鴨《すがも》のお地蔵様の参道などでよく見かけたような粋《いき》な老女。ねずみ色のこまかい柄の着物をぐずぐずに着てるのに、どこかでぴしっと締めてある。この文体はまさにそうだ。ぐずぐずのゆるゆるなのに、若い作家にはとうてい真似できない緩急がある。凄《すご》みがある。これを得ようと切磋《せっさ》琢磨《たくま》するが、手に入らない。切磋琢磨してできるのは、キリキリに切り詰めたものばかりだ。

「せぬならでは手立あるまじ」と言ったのは世阿弥《ぜあみ》。

五十有余になったら、ということは今の人なら九十有余。「しないというより手立て（方法）がないんじゃないか」と訳すのがふつうだけど、ここは「しないという、それこそが手立てなんだ」と読み取りたい。

それこそが手立てだった。そしてもはや、ところどころ現代文学ですらなくなっている。たとえばこの辺り、現代語訳した古文の　趣《おもむき》　がある。

河野多惠子、大庭みな子のライバル関係をたどろうとしながら、思わぬ脱線をしてしまったが、九十四歳ともなれば、頭脳より体力の衰えが顕著になり、九十四歳にして漸《ようや》く老衰現象を否定出来なくなってきた私は、果してこの長篇連載が書ききれるだろうかと、突如不安になってきた。

そしてこの辺りは、十六世紀のピカレスク小説（の日本語訳）か、中村元《なかむらはじめ》の訳した「仏弟子の告白」のように、アノニマスっぽい一人語りだ。

私は出家前の女流文学者全集の件で怒った円地さんに、すべてを知っている河野多恵子が、私のために一言の弁護も説明もしてくれなかったことに、心底、腹を立てたが、元来忘れっぽい性質《たち》なので、いつかその怒りも忘れてしまって、以前のように心を許してつきあっていた。

あの頃のピカレスク小説に日本文学でいちばん近いのが十三世紀初頭の「発心集《ほっしんしゅう》」の鴨長明《かものちようめい》の声じゃないか。悪人も、出家者も、同じに思える。

河野多恵子・大庭みな子・宇野千代・円地《えんち》文子《ふみこ》、それから男の作家たちも、みんながそのピカレスク小説か仏教説話の登場人物みたいに、生きて死んだ。死ぬまで生きた。寂聴先生本人は遠景に紛《まぎ》れかけている。これが九十五歳の、七十年間、第一線で書いてきた人の文学である。

●本書は二〇一七年一二月に、小社より刊行されました。
文庫化にあたり、一部を加筆・修正しました。

|著者| 瀬戸内寂聴　1922年、徳島県生まれ。東京女子大学卒。'57年「女子大生・曲愛玲」で新潮社同人雑誌賞、'61年『田村俊子』で田村俊子賞、'63年『夏の終り』で女流文学賞を受賞。'73年に平泉・中尊寺で得度、法名・寂聴となる（旧名・晴美）。'92年『花に問え』で谷崎潤一郎賞、'96年『白道』で芸術選奨文部大臣賞、2001年『場所』で野間文芸賞、'11年『風景』で泉鏡花文学賞を受賞。1998年『源氏物語』現代語訳を完訳。2006年、文化勲章受章。また、95歳で書き上げた長篇小説『いのち』（本作）が大きな話題になった。近著に『花のいのち』『愛することば あなたへ』『命あれば』『97歳の悩み相談 17歳の特別教室』『寂聴 九十七歳の遺言』『はい、さようなら。』『悔いなく生きよう』『笑って生ききる』『愛に始まり、愛に終わる 瀬戸内寂聴108の言葉』『その日まで』など。2021年逝去。

いのち

瀬戸内寂聴《せとうちじゃくちょう》

2020年10月15日第1刷発行
2022年3月24日第5刷発行

発行者――鈴木章一
発行所――株式会社　講談社
東京都文京区音羽2-12-21　〒112-8001
電話　出版（03）5395-3510
　　　販売（03）5395-5817
　　　業務（03）5395-3615

Printed in Japan

講談社文庫
定価はカバーに
表示してあります

KODANSHA

デザイン―菊地信義
本文データ制作―講談社デジタル製作
印刷―――豊国印刷株式会社
製本―――株式会社国宝社

ISBN978-4-06-521163-2

講談社文庫刊行の辞

二十一世紀の到来を目睫に望みながら、われわれはいま、人類史上かつて例を見ない巨大な転換期をむかえようとしている。

世界も、日本も、激動の予兆に対する期待とおののきを内に蔵して、未知の時代に歩み入ろうとしている。このときにあたり、創業の人野間清治の「ナショナル・エデュケイター」への志を現代に甦らせようと意図して、われわれはここに古今の文芸作品はいうまでもなく、ひろく人文・社会・自然の諸科学から東西の名著を網羅する、新しい綜合文庫の発刊を決意した。

激動の転換期はまた断絶の時代である。われわれは戦後二十五年間の出版文化のありかたへの深い反省をこめて、この断絶の時代にあえて人間的な持続を求めようとする。いたずらに浮薄な商業主義のあだ花を追い求めることなく、長期にわたって良書に生命をあたえようとつとめるところにしか、今後の出版文化の真の繁栄はあり得ないと信じるからである。

同時にわれわれはこの綜合文庫の刊行を通じて、人文・社会・自然の諸科学が、結局人間の学にほかならないことを立証しようと願っている。かつて知識とは、「汝自身を知る」ことにつきていた。現代社会の瑣末な情報の氾濫のなかから、力強い知識の源泉を掘り起し、技術文明のただなかに、生きた人間の姿を復活させること。それこそわれわれの切なる希求である。

われわれは権威に盲従せず、俗流に媚びることなく、渾然一体となって日本の「草の根」をかたちづくる若く新しい世代の人々に、心をこめてこの新しい綜合文庫をおくり届けたい。それは知識の泉であるとともに感受性のふるさとであり、もっとも有機的に組織され、社会に開かれた万人のための大学をめざしている。大方の支援と協力を衷心より切望してやまない。

一九七一年七月

野間省一

講談社文庫　目録

講談社文庫　目録

講談社文庫　目録

田中芳樹　創竜伝6〈染血の夢《ブラッディ・ドリーム》〉
田中芳樹　創竜伝7〈黄土のドラゴン〉
田中芳樹　創竜伝8〈仙境のドラゴン〉
田中芳樹　創竜伝9〈妖世紀のドラゴン〉
田中芳樹　創竜伝10〈大英帝国最後の日〉
田中芳樹　創竜伝11〈銀月王伝奇〉
田中芳樹　創竜伝12〈竜王風雲録〉
田中芳樹　創竜伝13〈噴火列島〉
田中芳樹　魔　天　楼〈薬師寺涼子の怪奇事件簿〉
田中芳樹　東京ナイトメア〈薬師寺涼子の怪奇事件簿〉
田中芳樹　巴里《パリ》・妖都変〈薬師寺涼子の怪奇事件簿〉
田中芳樹　クレオパトラの葬送〈薬師寺涼子の怪奇事件簿〉
田中芳樹　黒蜘蛛島《ブラックスパイダー・アイランド》〈薬師寺涼子の怪奇事件簿〉
田中芳樹　夜　光　曲〈薬師寺涼子の怪奇事件簿〉
田中芳樹　魔境の女王陛下〈薬師寺涼子の怪奇事件簿〉
田中芳樹　海から何かがやってくる〈薬師寺涼子の怪奇事件簿〉
田中芳樹　タイタニア1〈疾風篇〉
田中芳樹　タイタニア2〈暴風篇〉
田中芳樹　タイタニア3〈旋風篇〉

田中芳樹　タイタニア4〈烈風篇〉
田中芳樹　タイタニア5〈凄風篇〉
田中芳樹　ラインの虜囚
田中芳樹　新・水滸後伝(上)(下)
田中芳樹／幸田露伴 原作　運　命〈二人の皇帝〉
田中芳樹／土屋守　「イギリス病」のすすめ
田中芳樹ほか 文／皇名月 画　中国帝王図
田中芳樹／赤城毅　中欧怪奇紀行
田中芳樹編訳　岳飛伝(一)〈青雲篇〉
田中芳樹編訳　岳飛伝(二)〈烽火篇〉
田中芳樹編訳　岳飛伝(三)〈風塵篇〉
田中芳樹編訳　岳飛伝(四)〈悲曲篇〉
田中芳樹編訳　岳飛伝(五)〈凱歌篇〉
高田文夫　TOKYO芸能帖〈1981年のビートたけし〉
高村薫　李歐《りおう》
高村薫　マークスの山(上)(下)
高村薫　照柿(上)(下)
多和田葉子　犬婿入り
多和田葉子　尼僧とキューピッドの弓

多和田葉子　献灯使
多和田葉子　地球にちりばめられて
高田崇史　QED〈百人一首の呪《しゅ》〉
高田崇史　QED〈六歌仙の暗号〉
高田崇史　QED〈ベイカー街の問題〉
高田崇史　QED〈東照宮の怨〉
高田崇史　QED〈式の密室〉
高田崇史　QED〈竹取伝説〉
高田崇史　QED〈龍馬暗殺〉
高田崇史　QED ～ventus～〈鎌倉の闇〉
高田崇史　QED〈鬼の城伝説〉
高田崇史　QED ～ventus～〈熊野の残照〉
高田崇史　QED〈神器封殺〉
高田崇史　QED ～ventus～〈御霊将門〉
高田崇史　QED ～flumen～〈九段坂の春〉
高田崇史　QED〈諏訪の神霊〉
高田崇史　QED〈出雲神伝説〉
高田崇史　QED〈伊勢の曙光《あけぼの》〉
高田崇史　QED ～flumen～〈ホームズの真実〉

講談社文庫　目録

講談社文庫 目録

田牧大和 錠前破り、銀太 首魁《しゆかい》
田牧大和 大福 三つ巴〈宝来堂うまいもん番付〉
高殿 円 メ サ イ ア〈警備局特別公安五係〉
高野史緒 カラマーゾフの妹
高野史緒 翼竜館の宝石商人
瀧本哲史 僕は君たちに武器を配りたい〈エッセンシャル版〉
竹吉優輔 襲 名 犯
高田大介 図書館の魔女 第一巻 第二巻
高田大介 図書館の魔女 第三巻 第四巻
高田大介 図書館の魔女 烏《からす》の伝言《つてこと》(上)(下)
大門剛明 反撃のスイッチ
大門剛明 完 全 無 罪
大門剛明 死 刑 評 決〈「完全無罪」シリーズ〉
橘 もも OVER DRIVE《オーバードライブ》
橘もも 沖田×華 原作 安達奈緒子 脚本 小説透明なゆりかご(上)(下)
橘もも ヤマシタトモコ 原作 相沢友子 脚本 さんかく窓の外側は夜〈映画版ノベライズ〉
橘 もも 脚本 三木 聡 大怪獣のあとしまつ〈映画ノベライズ〉
滝口悠生 愛 と 人 生
高山文彦 ふ た り〈皇后美智子と石牟礼道子〉

瀧羽麻子 サンティアゴの東 渋谷の西
高橋弘希 日曜日《サンデー・ピープル》の人々
武田綾乃 青い春を数えて
谷口雅美 殿、恐れながらブラックでござる
武川《たけかわ》 佑《ゆう》 虎 の 牙
陳 舜 臣 中国五千年(上)(下)
陳 舜 臣 中国の歴史 全七冊
陳 舜 臣 小説十八史略 全六冊
千早 茜 森 の 家
千野隆司 大 店 の 暖簾《のれん》〈下り酒一番〉
千野隆司 分 家 の 始 末〈下り酒一番(二)〉
千野隆司 献 上 の 祝 酒〈下り酒一番(三)〉
千野隆司 大《おお》酒《ざけ》の 合 戦〈下り酒一番(四)〉
千野隆司 銘 酒 の 真 贋〈下り酒一番(五)〉
千野隆司 追 跡
知野《ちの》みさき 江 戸 は 浅 草
知野みさき 江 戸 は 浅 草 2〈盗人探し〉
知野みさき 江 戸 は 浅 草 3〈桃と桜〉
崔《チェ》 実《シル》 ジニのパズル

筒井康隆 創作の極意と掟
筒井康隆 読書の極意と掟
筒井康隆 ほか12名 名探偵登場！
都筑道夫 夢幻地獄四十八景
都筑道夫 なめくじに聞いてみろ〈新装版〉
土屋隆夫 影 の 告 発
辻村深月 冷たい校舎の時は止まる(上)(下)
辻村深月 子どもたちは夜と遊ぶ(上)(下)
辻村深月 凍りのくじら
辻村深月 ぼくのメジャースプーン
辻村深月 スロウハイツの神様(上)(下)
辻村深月 名前探しの放課後(上)(下)
辻村深月 ロードムービー
辻村深月 ゼロ、ハチ、ゼロ、ナナ。
辻村深月 V. T. R.
辻村深月 光待つ場所へ
辻村深月 ネオカル日和
辻村深月 島はぼくらと
辻村深月 家族シアター

講談社文庫　目録

講談社文庫　目録

中井英夫　新装版 虚無への供物(上)(下)
中島らも　僕にはわからない
中島らも　今夜、すべてのバーで〈新装版〉
鳴海　章　フェイスブレイカー
鳴海　章　謀略航路
鳴海　章　全能兵器AiCO《アイコ》
中嶋博行　ホカベン　ボクたちの正義
中嶋博行　新装版 検察捜査
中嶋博行　新検察捜査
中村天風　運命を拓く〈天風瞑想録〉
中山康樹　ジョン・レノンから始まるロック名盤
梨屋アリエ　でりばりぃAge
梨屋アリエ　ピアニッシシモ
中島京子　妻が椎茸だったころ
中島京子ほか　黒い結婚　白い結婚
奈須きのこ　空の境界(上)(中)(下)
中村彰彦　乱世の名将　治世の名臣
長野まゆみ　簞笥のなか
長野まゆみ　レモンタルト
長野まゆみ　チマチマ記
長野まゆみ　冥途あり
長野まゆみ　45°〈ここだけの話〉
長嶋　有　夕子ちゃんの近道
長嶋　有　佐渡の三人
長嶋　有　もう生まれたくない
永嶋恵美　擬態
永井　均 / 内田かずひろ 絵　子どものための哲学対話
なかにし礼　戦場のニーナ
なかにし礼　生きる力〈心でがんに克《か》つ〉
なかにし礼　夜の歌(上)(下)
中村文則　最後の命
中村文則　悪と仮面のルール
中田整一 編/解説　真珠湾攻撃総隊長の回想〈淵田美津雄自叙伝〉
中田整一　四月七日の桜〈戦艦「大和」と伊藤整一の最期〉
中村江里子　女四世代、ひとつ屋根の下
中野美代子　カスティリオーネの庭
中野孝次　すらすら読める方丈記
中野孝次　すらすら読める徒然草
中山七里　贖罪の奏鳴曲《ソナタ》
中山七里　追憶の夜想曲《ノクターン》
中山七里　恩讐の鎮魂曲《レクイエム》
中山七里　悪徳の輪舞曲《ロンド》
長島有里枝　背中の記憶
長浦　京　赤《セキ》刃《ジン》
長浦　京　リボルバー・リリー
中脇初枝　世界の果てのこどもたち
中脇初枝　神の島のこどもたち
中村ふみ　天空の翼　地上の星
中村ふみ　砂の城　風の姫
中村ふみ　月の都　海の果て
中村ふみ　雪の王　光の剣
中村ふみ　永遠《とわ》の旅人　天地の理《ことわり》
中村ふみ　大地の宝玉　黒翼《こくよく》の夢
夏原エヰジ　Cocoon〈修羅の目覚め〉
夏原エヰジ　Cocoon2〈蠱惑の焰〉
夏原エヰジ　Cocoon3〈幽世の祈り〉
夏原エヰジ　Cocoon4〈宿縁の大樹〉

講談社文庫 目録

夏原エヰジ　Ｃ　ｏ　ｃ　ｏ　ｏ　ｎ５〈瑠璃の浄土〉
長岡弘樹　夏の終わりの時間割
西村京太郎　華麗なる誘拐
西村京太郎　寝台特急「日本海《メモリー・トレイン》」殺人事件
西村京太郎　十津川警部 帰郷・会津若松
西村京太郎　特急「あずさ《アリバイ・トレイン》」殺人事件
西村京太郎　十津川警部の怒り
西村京太郎　宗谷本線殺人事件
西村京太郎　奥能登に吹く殺意の風
西村京太郎　特急「北斗1号《スーサイド・トレイン》」殺人事件
西村京太郎　十津川警部 湖北の幻想
西村京太郎　九州特急「ソニックにちりん」殺人事件
西村京太郎　東京・松島殺人ルート
西村京太郎　新装版 殺しの双曲線
西村京太郎　愛の伝説・釧路湿原
西村京太郎　山形新幹線「つばさ」殺人事件
西村京太郎　新装版 名探偵に乾杯
西村京太郎　十津川警部 君は、あのSLを見たか
西村京太郎　南伊豆殺人事件

西村京太郎　十津川警部 青い国から来た殺人者
西村京太郎　十津川警部 箱根バイパスの罠
西村京太郎　新装版 天使の傷痕
西村京太郎　新装版 D機関情報
西村京太郎　十津川警部 猫と死体はタンゴ鉄道に乗って
西村京太郎　韓国新幹線を追え
西村京太郎　北リアス線の天使
西村京太郎　十津川警部 長野新幹線の奇妙な犯罪
西村京太郎　上野駅殺人事件
西村京太郎　京都駅殺人事件
西村京太郎　沖縄から愛をこめて
西村京太郎　十津川警部「幻覚」
西村京太郎　函館駅殺人事件
西村京太郎　内房線の猫たち〈異説里見八犬伝〉
西村京太郎　東京駅殺人事件
西村京太郎　長崎《ナガサキ・レディ》駅殺人事件
西村京太郎　十津川警部 愛と絶望の台湾新幹線
西村京太郎　西鹿児島駅殺人事件
西村京太郎　札幌駅殺人事件

西村京太郎　十津川警部 山手線の恋人
西村京太郎　仙台駅殺人事件
西村京太郎　七人の証人〈新装版〉
西村京太郎　十津川警部 両国駅3番ホームの怪談
仁木悦子　猫は知っていた
新田次郎　新装版 聖職の碑《いしぶみ》
日本文芸家協会編　愛　染　夢　灯　籠〈時代小説傑作選〉
日本推理作家協会編　犯人たちの部屋〈ミステリー傑作選〉
日本推理作家協会編　隠　さ　れ　た　鍵〈ミステリー傑作選〉
日本推理作家協会編　Play《プレイ》 推理遊戯〈ミステリー傑作選〉
日本推理作家協会編　Doubt《ダウト》 きりのない疑惑〈ミステリー傑作選〉
日本推理作家協会編　Bluff《ブラフ》 騙し合いの夜〈ミステリー傑作選〉
日本推理作家協会編　Propose《プロポーズ》 告白は突然に〈ミステリー傑作選〉
日本推理作家協会編　Acrobatic《アクロバティック》 物語の曲芸師たち〈ミステリー傑作選〉
日本推理作家協会編　ベスト8ミステリーズ2015
日本推理作家協会編　ベスト6ミステリーズ2016
日本推理作家協会編　ベスト8ミステリーズ2017
二階堂黎人　ラ　ン　迷　宮〈二階堂蘭子探偵集〉
二階堂黎人　増加博士の事件簿

講談社文庫　目録

講談社文庫 目録

講談社文庫 目録

濱　嘉之　警視庁情報官 ブラックドナー
濱　嘉之　警視庁情報官 サイバージハード
濱　嘉之　警視庁情報官 ゴーストマネー
濱　嘉之　警視庁情報官 ノースブリザード
濱　嘉之　オメガ 対中工作
濱　嘉之　ヒトイチ 警視庁人事一課監察係
濱　嘉之　ヒトイチ 画像解析〈警視庁人事一課監察係〉
濱　嘉之　ヒトイチ 内部告発〈警視庁人事一課監察係〉
濱　嘉之　カルマ真仙教事件 (上)(中)(下)
濱　嘉之　新装版 院内刑事《デカ》
濱　嘉之　新装版 院内刑事〈ブラック・メディスン〉
濱　嘉之　院内刑事〈フェイク・レセプト〉
濱　嘉之　院内刑事 ザ・パンデミック
濱　嘉之　院内刑事 シャドウ・ペイシェンツ
馳　星周　ラフ・アンド・タフ
畠中　恵　アイスクリン強し
畠中　恵　若様組まいる
畠中　恵　若様とロマン
葉室　麟　風渡る

葉室　麟　風の軍師〈黒田官兵衛〉
葉室　麟　星火瞬く
葉室　麟　陽《かげ》炎《ろう》の門
葉室　麟　紫匂う
葉室　麟　山月庵茶会記
葉室　麟　津軽双花
長谷川　卓　嶽《がく》〈上・白銀《しろがね》渡り〉〈下・湖底の黄金〉神《じん》
長谷川　卓　嶽神伝《がくじんでん》 無坂《むさか》(上)(下)
長谷川　卓　嶽神伝《がくじんでん》 孤猿《こえん》(上)(下)
長谷川　卓　嶽神伝《がくじんでん》 鬼哭《きこく》(上)(下)
長谷川　卓　嶽《がく》神列伝 逆渡り《さかわたり》
長谷川　卓　嶽《がく》神《じん》伝《でん》 血路
長谷川　卓　嶽《がく》神《じん》伝《でん》 死地
長谷川　卓　嶽神伝 風花(上)(下)
原田マハ　夏を喪くす
原田マハ　風のマジム
原田マハ　あなたは、誰かの大切な人
羽田圭介　コンテクスト・オブ・ザ・デッド
花房観音　恋塚

畑野智美　海の見える街
畑野智美　南部芸能事務所
畑野智美　南部芸能事務所 season2 メリーランド
畑野智美　南部芸能事務所 season3 春の嵐
畑野智美　南部芸能事務所 season4 オーディション
畑野智美　南部芸能事務所 season5 コンビ
早見和真　東京ドーン
はあちゅう　半径5メートルの野望
はあちゅう　通りすがりのあなた
早坂　吝《やぶさか》　○○○○○○○○殺人事件
早坂　吝　虹の歯ブラシ〈上木《かみき》らいち発散〉
早坂　吝　誰も僕を裁けない
早坂　吝　双《そう》蛇《じゃ》密室
浜口倫太郎　22年目の告白〈―私が殺人犯です―〉
浜口倫太郎　廃校先生
浜口倫太郎　AI崩壊
原田伊織　明治維新という過ち〈日本を滅ぼした吉田松陰と長州テロリスト〉
原田伊織　列強の侵略を防いだ幕臣たち〈続・明治維新という過ち〉
原田伊織　〈明治維新という過ち・完結編〉虚像の西郷隆盛 虚構の明治150年

2021年12月15日現在